Sascha Michael Campi ▪ Enttabuisiert

© 2024 by Neptun Verlag

Rathausgasse 30

CH-3011 Bern

Umschlaggestaltung: Sascha Michael Campi und Giessform, Bern

Lektorat: Pia Da Rugna / Katharina Engelkamp

Satz und Druck: AZ-Druck- und Datentechnik GmbH, Kempten

ISBN 978-3-85820-346-5

Alle Rechte vorbehalten.

www.neptunverlag.ch

Sascha Michael Campi

ENTTABUISIERT

Kriminalroman

«Es gibt Dinge, über die spreche ich nicht einmal mit mir selbst.»

Konrad Adenauer

1

Jennifer Carusos Tagebucheintrag: *Ich weiss nicht, was es ist, und ich weiss nicht, wie er es macht, doch er raubt mir den Verstand, lässt mich gegen meine Prinzipien verstossen und ich lasse mich trotz all meinen Zweifeln und Befürchtungen und zu meinem eigenen Erstaunen immer und immer wieder von Neuem auf ihn ein. Es darf nicht sein, das weiss ich, und doch liege ich mittlerweile bald allabendlich verschwitzt neben ihm. Sex hatte ich bereits unzählige Male in meinem Leben, lange Zeit mit demselben Partner, zuvor und danach aber auch mit vielen anderen. Bis ich auf ihn traf, dachte ich, mein Sexualleben sei befriedigend, ich hätte bereits die möglichen Höhen, die vollkommenen Orgasmen erlebt. Dann kam er und warf alles über den Haufen. Er erweiterte meinen Horizont und liess mich in eine Sphäre erotischer Ekstase gleiten, von der ich zuvor nicht zu träumen gewagt hätte.*

Nach unserem ersten Mal fühlte ich mich plötzlich unerfahren, vor jedem Treffen wurde ich nervös wie ein Teenie, der seinen Schwarm zum ersten Date trifft. Als selbstsichere Frau verspürte ich nebst dem erotischen Kribbeln auch erstmals massive Selbstzweifel. Dabei sind es bis heute dieselben Zweifel: Werde ich ihn ebenso befriedigen wie er mich? Mit was wird er mich heute überraschen und kann ich dabei mithalten? Ob es die intensiven Gefühle, die Gelüste, dieses immense Verlangen nach ihm ist, die mich diese mir neuen Gefühle spüren lassen, oder es seine kreativen Spiele sind, die das mir Unbekannte in mir auslösen, ich weiss es nicht. Auch wenn ich es vielleicht nie mit Bestimmtheit definieren kann, so lasse ich es immer wieder gerne von neuem geschehen. Seine Küsse, mit denen er mich vom Hals bis zum Bauchnabel eindeckt, bevor er das Tempo verlangsamt, bevor er sich ganz nach unten arbeitet, all seine Streicheleinheiten, besonders die, bei denen er mit dem Zeigefinger auf meiner Haut entlanggleitet, all das werde ich nie missen wollen. Auch wenn ich weiss, dass es falsch ist, dass es nicht sein darf und wir es auf einem diabolischen Boden treiben, so ignoriere ich das noch so gerne, gemessen an all den wunderbaren Stunden, den Berührungen, dem innigen Sex, der mich immer wieder in Ektasen bringt, die ich gar nicht in Worte fassen kann. Sein kräftiger Oberkörper, seine grossen Hände, mit denen er mich an sich drückt, seine stechend grünen Augen, mit denen er mich fokussiert, durch mich hindurchschaut, als blicke er tief in meine Seele wie ein Röntgengerät, mit dem er all meine Wünsche, meine Geheimnisse, mein Verlangen herausfiltert, um sie dann wahrwerden zu lassen. Er stellt dabei Sachen mit mir an, von denen ich nicht mal wusste, dass sie möglich sind, geschweige denn sie mich so intensiv antörnen, dass ich bereits bei der Vorstellung daran zum Orgasmus komme.

Ist er mein Traummann? Ich glaube nicht, denn wir sind verschieden, viel zu verschieden und doch haben wir Gemeinsamkeiten. Sexuell gesehen könnte ich die Frage zwar höchstwahrscheinlich mit einem Ja beantworten, doch allgemein betrachtet wäre es reine Utopie. Doch was bringt es zu viel darüber nachzudenken, überlegen wir nicht allgemein zu viel im Leben? Manchmal gibt es Zeiten, da muss man etwas einfach geschehen lassen und im aktuellen Fall sehr gerne, auch wenn ich dabei meine gesamte Karriere aufs Spiel setze. Ich lasse ihn in mich hineingleiten, während die Flammen um uns herum lodern. Während ich diese Zeilen verfasse, blicke ich nach jedem Satz nervös auf die Uhr. In exakt vierundzwanzig Minuten wird er hier sein, mich in den Arm nehmen, er, den sie als Bestie betiteln, er, der als gefährlich gilt, er, der es immer wieder schafft, dass ich wie Wachs dahinschmelze, nur schon, wenn er mir kurz in die Augen blickt. Bereits jetzt spüre ich eine Erregung und das beim blossen Gedanken an ihn. Auch wenn ich mit dem Feuer spiele, so erfülle ich doch grundsätzlich meine Aufgabe: Ich zähme die Bestie, wie man es von mir verlangt, oder, und das macht mir immer mehr zu schaffen, die Bestie beginnt Stück für Stück damit, mich zu zähmen.

2

Im Innern der Praxis duftet es nach Käse und Schinken. Der Duft der Essensreste vermischte sich die Nacht hindurch mit dem der leeren zwei Bierflaschen auf der Empfangstheke. Der Psychiaterin Jennifer Caruso brummt bereits der Kopf beim Eintreten in die Räumlichkeiten. Der Geruch, der ihr entgegenströmt, löst in ihr unweigerlich einen Würgereiz aus. Beinahe stolpert sie über eine Zimmerpflanze, die seit Jahren als Dekoration neben der Empfangstheke steht. Eine einst sehr prachtvolle Pflanze, die mittlerweile den Kopf hängen lässt, als wäre sie einer schweren Depression verfallen. Auf den Knien über die Toilettenschüssel gebeugt übergibt sich Caruso, so sehr, dass sie fürchtet ihre kompletten Eingeweide auszukotzen. Das gekaufte Laugenbrötchen war definitiv keine gute Idee gewesen. Als das letzte Teigstückchen seine temporäre Heimat wieder verlassen hat, betätigt Caruso die Spülung. Ein Blick in den Badezimmerspiegel lässt sie vor sich selbst erschaudern. Die Augenringe lassen sie älter wirken, als sie in Wahrheit ist. Ihr sonst stets schön gekämmtes Haar wirkt wirr und einzig das Haarband, das den Rossschwanz zusammenhält, verhindert eine komplett zerzauste Frisur. Der Umtrunk am Abend zuvor war eindeutig ausgeartet. Einmal mehr die letzten Wochen, oder waren es schon Monate? Caruso holt sich eine Zahnbürste aus dem Badezimmerkästchen, putzt sich die Zähne und wäscht sich anschliessend mit kaltem Wasser das Gesicht sauber. Danach begibt sie sich wieder in den Praxisraum, räumt die Essensreste und die leeren Flaschen in einen Abfallsack, wischt die verklebte Empfangstheke sauber und öffnet die Fenster. Die frische Luft wirkt wie eine Erlösung und wüsste es Caruso nicht besser, so könnte sie schwören, dass die Zimmerpflanze hinter ihr soeben einen Jubelschrei auf die Frischluft ausgestossen hat. Bereits seit fünf Jahren betreibt Caruso ihre eigene psychiatrische Praxis in der Berner Altstadt. Bereits als Kind galt sie stets als sehr einfühlsamer Mensch, der sich immer für das Leid und die Freuden der anderen interessierte, und als jemand, der nicht nur zuhören, sondern sich auch mit Rat und Tat helfend zur Seite stellen konnte. Caruso wollte sich gestern einen Feierabend-Drink gönnen. Nach dem geplanten Drink an der Bar im Kursaal kam jedoch unerwartet eine alte Freundin aus Studentenzeiten hinzu. Ein zweiter Drink würde noch drin liegen, danach fertig. Patricia Widmer setzte sich auf den Barhocker nebendran und begann ungefragt von ihrem erfüllten Leben mit Ehemann und Kindern zu schwärmen, so sehr, dass Caruso unbedingt einen weiteren Drink benötigte. Denn wenn sie eines aktuell nicht gebrauchen konnte, dann irgendwelche gutgelaunten Mitmenschen, die das Leben hochpreisen, als sei es der reinste Ponyhof. Vier Gin-Tonics später verabschiedete sich Patricia endlich. Um zu verhindern, dass sie noch mal vollgequatscht wurde, bestellte sich Caruso einen letzten Absacker. Kaum stand der Drink vor ihr, gesellte sich ein netter Herr in einem sehr schicken Anzug zu ihr. Circa Mitte dreissig wie sie selbst, sportlich, kurzes Haar und eine Brille, die ihn eher wie einen Staatsanwalt oder Arzt wirken liess, obschon er angeblich ein Geschäftsmann war und für eine Nacht im Hotel des Kursaals verweilte. Sie entschied sich explizit in Gedanken für «angeblich», denn wenn sie ihr Job eines gelehrt hatte, dann war es der Umstand, dass alle Menschen lügen. Manche bewusst und andere unbewusst. Einige, um sich selbst besser zu fühlen, andere, um das Gegenüber zu beeindrucken.

Der Geschäftsmann bestellte sich einen Whiskey. Pur, ohne Eis. Irgendwie steht sie auf solche Typen, so ein Hauch James Bond in der richtigen Umgebung hatte ihr schon immer Eindruck gemacht. Irgendwie, Caruso kann sich heute nicht mehr genauer erinnern, zogen sie anschliessend zu zweit durch die Lauben der Berner Altstadt und irgendwie, Caruso weiss es beim besten Willen nicht mehr, weshalb, landeten mit einer Pizzaschachtel und zwei Bierchen in ihrer Praxis.

«Hatte ich gestern Sex?»

Schockiert schaut sich die Psychiaterin in der Praxis um, doch nein, wie betrunken sie auch gewesen sein mag, sich aktuell auf einen Mann einzulassen, das hätte sie auch im Delirium nicht fertiggebracht, nicht jetzt, nicht nachdem ...

«Nein, ich hatte keinen Sex!»

Jetzt ist sich Caruso sicher oder redet es sich zumindest ein und beruhigt sich mit dem Gedanken, allein zu Hause aufgewacht zu sein, auch wenn sich ihr Unterbewusstsein zu Wort meldet, dass dies allein den Sex noch nichts ausschliesse. Caruso bringt den Abfallsack hinunter zur Strasse. Danach beginnt sie mit einem Lavendel-Duftspray ihre Praxis wiederzubeleben. Der Duft von Frische vermag zwar die hereintretenden Patienten täuschen, doch Caruso nicht. Sie weiss genau, dass sich hier einiges abgespielt hat, nicht allein gestern, bereits viele Male zuvor. Seit einigen Monaten war sie nicht mehr sich selbst. Wäre es ihr irgendwie möglich, so würde sie sich am liebsten selbst therapieren, doch da dieser Gedanke reine Utopie ist und Caruso keine Lust hat, bei einem Kollegen auf dem Stuhl zu sitzen, hat sie sich für den Weg entschlossen, den auch viele ihrer Patienten wählen: einige Monate im Selbstmitleid baden, den Kummer ertränken und darauf hoffen, dass sich die Situation bessert. Auch im Wissen, dass sich nichts von selbst regelt und sich Methoden wie die des Frustsaufens meist alles noch verschlimmert, liess sich Caruso auf diesen Weg ein.

Ein kurzer Blick in die Agenda. Josef Ruckstuhl, oh nein, ausgerechnet Josef Ruckstuhl muss es sein. Beinahe kehrt der Brechreiz von soeben zurück. Wenn Caruso einen ihrer Patienten nicht ausstehen kann, dann ist es der ehemalige Häftling Ruckstuhl. Die Berner Justiz hatte ihm eine Therapie aufgebrummt, nachdem er zum sechsten Mal ein Betrugsdelikt begangen hatte. Immer wieder schaffte es Ruckstuhl, sich eine naive, verzweifelte Frau zu angeln, die er dann finanziell und psychisch aussaugte, wie Dracula das Blut seiner Opfer. Ruckstuhl war in Carusos Augen ein fertiger

Jammerlappen und am liebsten hätte sie das auch vor einigen Wochen in den Therapiebericht geschrieben, den sie der Justiz aushändigen musste. Doch leider ist Ruckstuhl ein schlauer Hund, der sich während der Bewährungszeit nichts zu Schulden kommen lässt und sämtliche therapeutische Arbeit widerstandslos mitmacht. Noch ein Monat, dann wird seine Bewährungszeit zu Ende sein. Caruso weiss genau, wie es weitergehen wird: Kaum fühlt er sich frei, begibt er sich auf die Jagd wie ein Jäger nach dem Wild. Nicht lange und irgendein Dummchen wird sich in ihn verlieben, ihm seine Kreditkarte aushändigen, für ihn ein Auto leasen, ihn mit Geld unterstützen und für ihn die Beine breit machen. Nicht lange und die nächste Anzeige flattert ins Haus und bis Ruckstuhl wieder auf dem Stuhl eines Therapeuten sitzen wird. Wo auch immer, nur nicht auf diesem Stuhl, nicht in dieser Praxis, betet Caruso innerlich, während sie sich die Notizen vom letzten Termin aus einem Ordner hervorholt. Kaum befinden sich die Blätter in ihrer Hand, betritt Ruckstuhl, wie immer zehn Minuten zu früh, die Praxis.

«Guten Tag, Frau Caruso, schön, dürfen wir uns wieder mal sehen.»

Bereits seine Begrüssung bringt seine Psychiaterin innerlich in Rage. Doch professionell, wie sie ist, setzt sie sich ihre Maske auf, grüsst Ruckstuhl freundlich, bittet ihn auf dem Stuhl Platz zu nehmen und lässt ihn wie gewohnt losplaudern. Während Ruckstuhl irgendetwas von seinem temporären Job in einer Bäckerei erzählt, fragt sich Caruso, wie so ein Mann immer wieder eine Frau finden kann, die ihn verehrt, ihm blind vertraut und dann auch noch in ihr Bett lässt. Eine Jeanshose wie in den Achtzigern, ein blau-weiss kariertes Hemd wie ein Rodeo-Cowboy und ein Parfüm, das eher nach Schuhcreme riecht als nach einem Duft, der auf die Haut gesprüht gehört. Abgerundet wird alles noch mit einem Dreitagebart und fettigen Haaren. Caruso verspürt bereits jetzt Mitleid für die nächste Frau, die durch das schleimige Geschwafel ihres Gegenübers in den Glauben versetzt wird, den Richtigen und einzig Ehrlichen gefunden zu haben, und die dann über das ungepflegte Äussere hinwegsehen, die Augen schliessen und es über sich ergehen lassen wird. Caruso muss ihre Gedankengänge stoppen. Noch ein Brechreiz könnte peinlich enden.

«… und der Chef und meine Arbeitskollegen sind sehr zufrieden mit mir. Sie würden sich freuen, wenn ich fest bei ihnen arbeiten würde. Auch sie sind der Meinung, dass ich nie mehr straffällig werde.»

«Was ist mit den weiblichen Arbeitskolleginnen? Gefällt Ihnen da eine?», hakt sich Caruso heute erstmals ein, denn irgendwann muss sie mal den Anschein erwecken, am Gespräch und der Zukunft des Jammerlappens teilhaben zu wollen.

«Nein, Frau Caruso, auf Arbeitskolleginnen lasse ich mich nicht ein. Allgemein fühle ich mich nicht bereit, mich auf eine Frau einzulassen.»

«Bis die Bewährung vorbei ist!»

Ups, das wollte Caruso jetzt nicht laut sagen. Der entsetzte Blick von Ruckstuhl könnte nun bei manchem Mitleid erwecken, doch nicht bei seiner Therapeutin, die ihn besser kennt als jeder andere. Für Caruso ist

Ruckstuhl ein offenes Buch, ein wahrer Groschenroman mit Bestsellerqualitäten.

«Ich weiss, Frau Caruso, Sie denken, dass ich wieder in mein altes Muster fallen werde, doch diesmal nicht, diesmal werde ich es schaffen.» Es sind Momente wie dieser, in denen sich Caruso einen kurzen Augenblick lang fragt, wieso sie sich diesen Job überhaupt antut. Wäre Brötchen backen oder Briefe verteilen nicht befriedigender? Wäre die Welt nicht einfacher und würde man nicht Sinnvolleres bewirken, könnte man den Hunger stillen oder Rechnungen verteilen? Während Caruso sich in Gedankengänge flüchtet, um sich von dem Gegenüber abzulenken, plaudert Ruckstuhl weiter, als würde er in Hollywood eine Rede für einen soeben gewonnenen Oscar halten. Unweigerlich erinnert sich Caruso an ein altes Zitat des Schweizer Journalisten Walter Ludin: *Psychiater haben es schwerer als Chirurgen. Von der Seele lässt sich kein Teil wegschneiden.*

3

Jennifer Carusos Tagebucheintrag: *Kerzen mag ich seit jeher, doch was er mit dem Wachs auf meinem Rücken anstellt, das lässt mich die Kerzen gerade zu lieben. Dieses Gefühl, dieser stetige Wechsel zwischen Hitze und Kälte, wenn er mich den heissen Kerzenwachs fühlen, er ihn auf meinen Rücken tropfen lässt, bevor er mir mit einem Eiswürfel vom Nacken den Rücken hinunterfährt, er kurz vor meinem Po abbremst, er den Eiswürfel dort für einen Moment liegen lässt, fühlt sich an wie ein Stich. Danach die Massage wie ein Beben, das meinen ganzen Körper zum Vibrieren bringt. Es ist ein unbeschreibliches Gefühl, ich will mehr und gleichzeitig, dass er aufhört, nicht weil es etwa nicht gut wäre, sondern weil mich das Verlangen nach dem, was kommen wird, so sehr antörnt, dass ich es nicht mehr erwarten kann. Immer wieder versuche ich mir einzureden, dass der Höhepunkt in unserer Affäre erreicht ist, dass ich es beenden muss, und genau an diesem Punkt werde ich immer wieder schwach, lasse mich wieder auf ihn ein und werde erneut überrascht und mit neuen Höhepunkten konfrontiert.*

Es fühlt sich an wie eine Sucht, es befriedigt einen. Man will sich trotzdem davon lösen, weil einem alle dazu raten, weil die Konsequenzen fatal sind und man selbst weiss, dass es nicht sein darf. Doch lässt man sich wieder und wieder darauf ein, man gönnt sich den nächsten Kick und schwebt dabei in einer Sphäre weit weg von der Realität. Für mich ist es, wie makaber es klingen mag, beinahe so, wie gewisse Menschen ein Nahtoderlebnis beschreiben. Eine Kollegin von mir verunfallte vor Jahren schwer mit ihrer Vespa. Man musste sie an Ort und Stelle wiederbeleben. Im Nachhinein beschrieb sie ein sonderbares Ereignis. Sie habe den Sanitäter von oben her beobachten können, wie er immer und immer wieder ihren Brustkorb nach unten drückte. *Ihr Geist habe bereits den Körper verlassen, sie sei über ihrem eigenen Leib geschwebt als Zuschauerin, bis zu dem Moment, als der Körper zu atmen begann, da wechselte die Perspektive wieder ins Normale. Seither glaubt meine Freundin an ein Leben nach dem Tod, an viel Übersinnliches und Esoterisches, was sie zuvor stets verspottet hat.*

Wenn ich mich mit ihm vergnüge, fühlt es sich so ähnlich an. Er lässt mich während dem innigen Sex aus dieser Welt schweben. Wenn ich meine Augen schliesse, sehe ich oft noch mehr, als wenn sie geöffnet sind. Ich sehe von oben hinunter, wie eine Beobachterin schaue ich auf ihn herab, wie er auf mir liegt, wie er in mich reingleitet, wie er seinen Körper hin und her bewegt, wobei ich dieses Vibrieren spüre, dieses wohlwollende Gefühl, bevor ich mein Stöhnen nicht mehr zurückhalten, nicht mehr drosseln kann. Es ist, als wäre für einen Moment alles in Ordnung, als wäre mein Leben perfekt, bestehend aus lauter Glücks- und Liebesgefühlen, von denen ich nie genug bekommen kann.

Mittlerweile ist es so schlimm, dass wenn ich irgendwo Kerzen sehe, ich nicht mehr an Weihnachten oder Romantik, sondern direkt an Sex denke, ebenso ergeht es mir mit

Eiswürfeln. Ich bestelle mittlerweile im Café um die Ecke meinen Eistee bewusst ohne Eis, denn der blosse Anblick erregt mich, erinnert mich an ihn und verstärkt meine Sehnsucht, meine Gelüste, die sich schon beinahe wie Gier anfühlen. Ja, ich giere nach ihm wie noch nie nach jemandem. Wie das sein kann? Ich weiss es nicht, denn ich bin noch immer davon überzeugt, dass er nicht mein Traummann, er nicht der Mann fürs Leben sein kann, denn wir sind verschieden, viel zu verschieden und doch sind wir wie zwei Magnete, wir ziehen uns an und kaum sind wir beieinander, ziehen wir uns aus.

4

In der Strafanstalt Pöschwies im zürcherischen Regensdorf. Eine kalte Bise bläst durch das Fenster einer kleinen Zelle. Valentin Speranza erhebt sich nach seinem kurzen Nickerchen auf dem kleinen Bett in seiner Zelle. Während die anderen Häftlinge ihre Pausen vor dem Fernseher, beim Kartenspielen oder Konsumieren von hereingeschmuggelten Drogen verbringen, legt sich Speranza stets für einen kurzen Moment hin, greift nach seinem aktuellen Buch, taucht in eine weit entfernte Welt ein, weit weg von den Gittern der Strafanstalt, weit weg von dem düsteren Umfeld, den verzweifelten Geistern, die ein Leben im Schatten der Gesellschaft verbringen, einsam, eingesperrt in kleine Räume. Nach einigen Seiten fallen ihm die Augen zu und eine halbe Stunde lang gelingt es ihm zu schlafen. Eine halbe Stunde Frieden. Speranza ist bereits seit achtzehn Jahren inhaftiert. Man hatte ihn als Dreissigjährigen verwahrt, ihn dadurch aus der Gesellschaft entfernt und in diese Anstalt verfrachtet, die für ihn mittlerweile widerwillig sein Zuhause geworden ist. Speranza gilt als vorbildlicher Insasse, der in all den Jahren nicht einen einzigen Regelverstoss begangen hat. Selbst die von der Gefängnisbücherei ausgeliehenen Bücher kamen immer pünktlich zurück. Während seine Mitinsassen sich immer mal wieder krankschreiben lassen, fehlte Speranza bei der gefängnisinternen Arbeit noch nie. Seine Zelle war steriler als so manche Arztpraxis. Alles hatte seinen Platz und jeder Gegenstand wurde mehrmals die Woche abgestaubt und gesäubert. Während die anderen um ihn herum immer mal wieder untereinander, oder gegen das Personal gerichtet, die Beherrschung verlieren, war Speranza seit jeher die Ruhe selbst. In der Anstalt hatte man ihm vor Jahren den Spitznamen «Gentleman» verpasst und dieser wurde mittlerweile nicht nur von den Mitinsassen, sondern auch von den Aufsehern, sogar dem Direktor, verwendet. Der Gentleman schwebt wie ein Geist durch die Anstalt und, obschon er alles andere als wie ein gefährlicher Straftäter wirkt, kann er auf seine ganz eigene Art einschüchternd auf die anderen wirken. Gerade seine innere Ruhe, seine Eloquenz und zugleich seine Gefühlskälte können bei so manchem einen Schauder hervorrufen.

Es gibt unzählige Gerüchte, weshalb Speranza einsitzt. Einige sprechen von Massenmord, andere von Vergewaltigung und einige sind sich sicher, dass es sich bei ihm um den letzten Kannibalen handelt, der seine ganze Familie geschnetzelt und zu einem Eintopf verarbeitet hat. Gerüchte über Gerüchte, doch die Wahrheit kennt keiner. Nicht einmal die Aufseher wissen Bescheid und das sorgt auch beim Personal, gerade beim Wachpersonal, immer mal wieder für Gesprächsstoff, da man normalerweise im System bei allen Häftlingen einsehen kann, weshalb der Insasse verurteilt wurde. Bei Speranza spukt der Computer jedoch nur wenige Zeilen aus, lediglich den Hinweis, dass sich alle Akten und Informationen unter Verschluss befänden. Der Insasse sei als hochgefährlich einzustufen und mit Vorsicht zu geniessen. Die Aufseher kannten diese Zeilen, doch mittlerweile, nach all den Jahren, hatten sie sich ihre eigene Meinung gebildet. Speranza, der bei ihnen im Hausdienst tätig war, die Essensausgaben organisierte und koordinierte und der die Gänge und Aufenthaltsräume sauber hielt, ist für sie einer der unkompliziertesten Insassen, der ihnen einzig dann Arbeit beschert, wenn er wieder neue Bücher aus der Bibliothek ausleihen will. Zudem ist er der einzige Insasse, der seit jeher freiwillig auf einen Fernseher verzichtet. Unter dem Motto «Wenn ich schon nicht mehr in der Gesellschaft leben darf, dann interessiert mich auch nicht, was diese da draussen treibt» hat er sich komplett von der Aussenwelt abgeschnitten. Die Ausnahme sind einige Radiosendungen, im Speziellen gewisse Talksendungen, die sich mit Literatur und Philosophie befassen, die sich Speranza regelmässig anhört.

5

Die Zürcher Justizdirektorin Gabriella Studer sitzt hinter ihrem Schreibtisch, der wie immer penibel gereinigt und nur mit dem Nötigsten belegt ist. Bereits um fünf Uhr morgens hat sie bei einer Aussentemperatur von zwei Grad ihre obligate Joggingrunde entlang der Limmat absolviert und bereits um halb sieben Uhr ihr Büro betreten. Wie immer hat sie sich als erstes einen Kaffee aus ihrer Nespresso-Maschine genehmigt und bereits beim ersten Schluck den Computer aufgestartet.

Gabriella Studer ist seit jeher eine engagierte Persönlichkeit, die sich im Sozialen wie auch im Politischen mit Herzblut für die Schweiz einsetzt. Seit zwei Jahren ist sie als Direktorin des Zürcher Amtes für Justiz tätig. Seit ihrem Amtsantritt haben sich keine grösseren Skandale ereignet, auch wenn Studer sich bereits im Vorfeld strategisch und mental auf den einen oder anderen medialen Grossskandal vorbereitet hatte. Wie selbstsicher sie sich nach aussen in ihrer Position präsentiert, eines macht ihr doch seit dem Beginn ihrer Amtszeit Kummer: *Die Fälle aus der Vergangenheit.* Den Kopf hinhalten für den Fehler eines Vorgängers, das ist Studers grösster Albtraum und gerade heute droht dieses Schreckensszenario erstmals einzutreffen. An der Bürotür klopft es. Die Direktorin erhebt sich und öffnet die Tür. Staatsanwalt Martin Mosimann tritt über die Schwelle. Die Begrüssung der beiden fällt kurz aus. Beide sind mit einem mulmigen Gesichtsausdruck versehen. Keiner der beiden hat sich auf den heutigen Termin gefreut.

«Martin, bringen wir es hinter uns. Wie sieht es mit dem Fall Valentin Speranza aus?», kommt Studer direkt auf den Punkt, während sie sich ruckartig auf ihren Sessel fallen lässt.

Mosimann richtet sich auf dem Sessel gegenüber seine Lesebrille zurecht, holt einige Dokumente aus seiner Ledermappe hervor, setzt sich in gerader Haltung auf, fährt sich kurz mit der linken Hand durch das Haar und beginnt mit seinem Briefing.

«Ich fange mit den guten Nachrichten im Fall Speranza an. Wir haben Glück. Die Medien haben nichts mitbekommen und es scheint gottseidank allgemein nichts durchgesickert zu sein. Speranza muss entlassen werden, das hat das Gericht durch die Aufhebung seiner Verwahrung festgesetzt. Wir können ihm eine Therapie verordnen, was ich als sinnvoll erachte und ihm bereits vorgeschlagen habe. Damit scheint er einverstanden zu sein. Speranza wünscht sich zudem einen Neuanfang in Bern.»

«In Bern?», hakt sich Studer verwundert ein.

«Ja, das können wir ihm nicht verbieten, doch werden wir darauf bestehen, dass weiterhin unsere Behörde für den Fall verantwortlich bleibt. Unsere Akten und der Fall selbst werden keinesfalls an eine andere, geschweige denn eine ausserkantonale Behörde weitergeleitet. Dafür habe ich bereits gesorgt.»

Studer bestätigt mit einem Nicken. Der Gedanke, dass einer der eventuell gefährlichsten Straftäter des Landes entlassen wird, sie die Verantwortung mittragen muss und dann noch unter den Umständen, dass sich der Straftäter einige Kantone weiter frei bewegt, breitet ihr mehr als nur Sorgen, doch anmerken lassen will sie sich das nicht.

«Wenigstens lässt er sich auf die Therapie ein, so sind wir stets über ihn informiert und haben ihn in gewissem Mass unter Kontrolle», meint Studer optimistisch nach einem lauten Räuspern.

«Ja, das schon, jedoch gibt es einen Haken, was die Therapie betrifft.»

Die Pupillen der Justizdirektorin weiten sich. Sie ahnt, dass nun die schlechten Nachrichten folgen.

«Ich dachte er lässt sich auf eine Therapie ein.»

«Ja, das wird er auch, jedoch nur unter einer Bedingung», erklärt Mosimann mit leiser Stimme.

«Und die wäre?»

Studer ahnt bereits Übles.

«Er will von einer gewissen Jennifer Caruso therapiert werden und von niemand anderem.»

«Jennifer Caruso? Eine Therapeutin vom psychiatrisch-psychologischen Dienst Zürich?»

«Nein, eben nicht. Eine selbstständige Berner Psychiaterin», präzisiert Mosimann mit hochgezogener Augenbraue.

Der Supergau, schiesst es Studer augenblicklich durch den Kopf. Nun hat man mühsam erreicht, dass alles im Stillen ablaufen kann und nichts nach aussen sickert, und nun erpresst einer der Straftäter, sodass man gezwungenermassen doch jemanden von ausserhalb mit einbeziehen muss.

«Darf er überhaupt wählen?», hakt Studer mit einem skeptisch-hoffnungsvollen Blick nach.

«Naja grundsätzlich nicht, aber eine Therapie ist halt am erfolgversprechendsten, wenn sich Therapeut und Patient gut verstehen, nur dann kann es der Fachperson überhaupt gelingen, zum Patienten durchzudringen. Als ich Speranza mitgeteilt habe, dass wir das als keine gute

Idee empfinden und wir jemanden aus Zürich engagieren werden, war seine Reaktion ... naja, nicht gerade ...»

«Was hat er gesagt?»

Studer befürchtet den definitiven Supergau.

«Speranza ist intelligent. Er kennt unsere Schwachstellen mittlerweile sehr gut.»

«Was hat er gesagt?», fragt Studer erneut mit genervtem Unterton.

«Speranza begann davon zu sprechen, dass sich die Medien sicher für seine Entlassung und seine Geschichte interessieren würden.»

Studer kann es nicht fassen. Valentin Speranza hat mit dieser süffisanten Drohung genau ins Schwarze getroffen. Der Gentleman, wie man ihn nennt, hat die Zürcher Justiz damit strategisch gewieft schachmatt gesetzt. Studer und Mosimann bleiben einen Moment wortlos sitzen. Beide wissen, dass Speranza in diesem Justiz-Poker ein Ass im Ärmel hat, und er weiss auch, wie man es ausspielt. Den Straftäter selbst die Therapeutin auswählen zu lassen, ist jedoch in diesem Fall das weitaus kleinere Übel als der mediale Grossskandal, der sich daraus entwickeln könnte. Und wer sich auskennt, der weiss, dass solche Skandale schon manchen Kopf in der Justiz ins Rollen gebracht haben. So manche Amtszeit wurde durch einen Medienskandal vorzeitig beendet, denn einer muss stets für die Fehler bluten, oft auch diejenigen, welche ihn nicht einmal selbst verschuldet haben.

«Was wissen wir über diese Jennifer Caruso und wieso besteht Speranza darauf, von ihr therapiert zu werden?», will Studer nun genauer wissen.

Mosimann beginnt zu erklären. Jennifer Caruso sei laut Recherche eine äusserst engagierte Psychiaterin, die einst für die Berner Justiz als Gerichtspsychiaterin tätig war. Mittlerweile führe sie eine eigene Praxis, diese befinde sich an der Berner Marktgasse, unweit vom Hauptbahnhof entfernt. Zudem hätte Caruso bereits früh Bekanntheit erlangt, da sie vor Jahren, kurz nach ihrer Dissertation, ein Buch mit dem Titel «Jeden kann man retten» publiziert hat. Es sei bis heute unter Fachleuten sehr beliebt und hätte einige Denkanstösse im

Therapieren von Straftätern geliefert. Caruso sei unauffällig, einzig ein tragisches Ereignis schoss sie für eine Weile aus der Bahn, denn vor zwei Jahren geschah etwas Dramatisches im Leben der jungen Psychiaterin. Durch einen tragischen Verkehrsunfall verlor Caruso ihren Ehemann und ihre Tochter. Caruso erlitt eine Art Burnout, fing sich jedoch wieder und sei wieder ganztags in ihrer Praxis tätig. Einzelne Aufträge würde sie noch immer von der Berner Justiz erhalten, ein Grossteil ihrer Patienten seien jedoch private. Wieso Valentin Speranza auf sie besteht, sei jedoch nicht herauszubekommen. Es bestehe keine Verbindung zwischen den beiden, weder im Jetzt noch in der Vergangenheit. Schon rein vom Alter her könne man ausschliessen, dass die beiden vor der Inhaftierung Speranzas je Kontakt gehabt haben. Auch seien keine Parallelen zu Zeugen, Opfern oder Ermittlern zu finden, kein einziger Hinweis auf eine Verbindung zu den zurückliegenden Fällen.

«Ich gehe mal davon aus, dass ihm die Therapeutin ein Mithäftling empfohlen hat. Wir sind noch am Nachhaken, wer von den Mitinsassen von Caruso therapiert wurde. Das kann noch einige Tage, wenn nicht Wochen dauern», erklärt Mosimann schulterzuckend.

«Wochen? Caruso wird nächsten Montag entlassen! Wir haben keine Wochen!», rief Studer entsetzt.

6

Valentin Speranzas Tagebucheintrag. *Jahrelang in Einsamkeit zu leben ist nicht einfach, auch nicht für einen Mann wie mich. Emotionen musste ich bereits früh im Leben zu ignorieren lernen. Später waren sie in meinem Beruf ein komplettes Tabu. Wer in der Branche, in der ich tätig war, einem Beruf, den es offiziell gar nicht gibt, nachgeht, muss zwingend lernen seine Gefühle zu unterdrücken. Liebe, Mitleid, sich um jemanden zu sorgen oder auch Angst zu haben, sind gefährliche Emotionen, die in meiner Vergangenheit Unaufmerksamkeit und rasch den Tod mit sich bringen konnten. Nicht, dass ich nie geliebt habe, das wäre falsch. In meiner Jugend, die ich mehrheitlich in einem Kinderheim verbracht habe, gab es eine prägende Jugendliebe, später sogar eine dreijährige Beziehung, die wegen meiner stetigen Abwesenheit in die Brüche ging. Auf meinen Reisen durch die Welt habe ich verschiedene One-Night-Stands erlebt. Wunderbare Momente mit wundervollen Frauen.*

Danach folgten achtzehn Jahre Enthaltsamkeit und so etwas ist unglaublich hart, auch für jemanden wie mich. Selbst ich, der es gelernt hat seine Gefühle zu unterdrücken, sehnt sich in all den Jahren im Stillen nach Berührungen, Zärtlichkeit und Sex. Seit ich sie getroffen habe, weiss ich seit Langem wieder, was es bedeutet, Gefühle überhaupt zuzulassen. Ein wunderschönes Empfinden, jedoch auch mit vielen Sorgen und ewigem Kopfkino verbunden. Unser erstes Mal im Hotelzimmer des Kursaals war intensiv. Wir haben zärtlich begonnen uns abzuküssen und es anschliessend wild getrieben. Und ich weiss nicht wieso, doch wüsste ich es nicht besser, so hätte ich schwören können, dass auch sie eine lange Durststrecke hinter sich hatte. Ich habe es in ihren Augen gesehen, diese gierige Lust, dieses Verlangen mich zu verschlingen. Das Vibrieren ihres Körpers, der

Duft ihrer Haut, ja sogar ihr Schweiss während des Koitus riecht hervorragend, all das lässt mich seit Jahren wieder mal fühlen, was es heisst zu leben.

Auch wenn wir es von Mal zu Mal intensiver miteinander treiben, es mit diversen Spielchen ergänzen, es ist jedes Mal wie ein erstes Mal. Sie glaubt, dass ich das von früher gewohnt bin, ich all diese Sexfantasien bereits unzählige Male ausgelebt habe, doch wenn ich ehrlich bin, habe ich in der Vergangenheit ganz normalen Sex erlebt. Erst während meiner Abwesenheit von der Gesellschaft bin ich auf den Geschmack gekommen, all das auszuprobieren, denn nur wer einmal an den Punkt gelangt ist, an dem er sein Leben als beendet empfunden hat, weiss es danach zu schätzen. Ich weiss nicht, was die grössere Freiheit ist, das freie Bewegen oder sie, die mich so sehr erregt, dass ich nicht genug von ihr bekommen kann. Sie, die brave Psychiaterin, die wie eine ganz normale Frau Mitte dreissig wirkt, deren Blick sich jedoch im erregten Zustand zu dem einer Bestie wandelt, einer Bestie, die mich manchmal so intensiv reitet, als wolle sie mich zum Herzinfarkt treiben. Dann ihre Fingernägel, die sich immer wieder in meinen Körper bohren, die meinen Nacken und den Rücken hinunterkratzen und sich dann oberhalb meines Pos in meine Haut bohren, fühlen sich manchmal wie die Krallen eines wilden Tieres an, welches sich fest an sein Erlegtes klammert. In solchen Momenten wirkt sie auf mich wie ein anderer Mensch. Es erregt mich, das gebe ich zu, doch wüsste ich es nicht besser, so könnte ich schwören, sie hätte eine Vergangenheit wie die meine hinter sich. Eine Vergangenheit, die ihr das Grauen der Welt offenbart hat. Ein Alltag wie einst meiner, in dem man der Fratze des Schreckens tagtäglich tief in die Augen schaut, dabei dem Blick standhält und ihr dann ins Gesicht spuckt, ganz nach dem Motto: Ihr könnt mich alle mal.

Ich weiss nicht, wie lange ich sie noch treffen kann, wenn es nach mir geht, dürfte es niemals enden, doch weiss ich genau, dass unsere Affäre für uns beide gefährlich ist. Wir treiben es im Wohnzimmer des Teufels und es ist nur eine Frage der Zeit, bis wir auffliegen und den gesamten Zorn der Ungerechtigkeit abbekommen. Doch einmal mehr blicke ich Satan in die Augen: Was willst du mir noch antun nach dem, was ich bereits alles durchgemacht habe? Lächerlich!

7

Carusos Tag war bisher kräfteraubend. Bernadette Sulzers Burnout benötigte eine doppelte Sitzung und Karl Walters Suizidversuche lagen zwar weit zurück, doch dürfte sich in seinem Kopf schon der nächste anbahnen. Jennifer ist noch müde vom Vorabend und doch zieht es sie gerade wie mittlerweile bald allabendlich an die Bar im Kursaal. Kurz ein Feierabenddrink sollte noch drin liegen. Einen pur auf Eis und dann ab nach Hause. Jennifer giesst mit ihrer kleinen grünen Spritzkanne Wasser in die Pflanzentröge, dann greift sie sich ihre Handtasche, um aufzubrechen. Als sie die Praxistür hinter sich zuschliesst und sich umdreht, erschrickt sie. Ein grossgewachsener Mann in einem dunkelblauen Anzug taucht wie aus dem Nichts vor ihr auf.

«Frau Caruso, ich bin von der Zürcher Justizdirektion beauftragt worden, Sie abzuholen.»

«Wie bitte?», schiesst es aus Jennifer raus, überzeugt, dass es sich hier um ein Missverständnis handeln muss.

Ihr Gegenüber beginnt sich auszuweisen und übergibt Jennifer ein amtliches Dokument, das bestätigt, dass es sich um kein Missverständnis handelt. Nur wenige Minuten später sitzt die Berner Psychiaterin auf dem Rücksitz einer Mercedes-Limousine mit Zürcher Nummernschild. Der Chauffeur schweigt, während Jennifer verträumt aus dem Autofenster schaut, wobei ihr ganzer Körper zittert. Mühsam versucht sie immer wieder ihre Hand stillzuhalten, doch es will ihr bei aller Mühe nicht gelingen. Es ist lange her, seit sie das letzte Mal in einem Personenwagen unterwegs war. Seit sie vor zwei Jahren ihren Ehemann und ihre Tochter bei einem tragischen Verkehrsunfall verloren hat, weicht sie so oft wie nur möglich auf die öffentlichen Verkehrsmittel aus. Selbst ein Fahrzeug zu lenken ist für sie mittlerweile zu einem Ding der Unmöglichkeit geworden. In einem mitzufahren nur dann noch möglich, wenn es nicht zu umgehen ist. Wieso Jennifer nach Zürich gebracht werden muss, ist ihr ein Rätsel. Ob es etwas mit einem ihrer Patienten zu tun hat? Ob ein ehemaliger oder aktueller Patient etwas verbrochen hat? Soll Jennifer als Zeugin aussagen oder etwas über die psychische Verfassung? Nein, das kann nicht sein, denkt sie sich, dann hätte das bestimmt im amtlichen Dokument gestanden und man hätte darauf bestanden, dass Jennifer die Akten des Patienten mitnehmen würde, denn diese muss sie auch bei bereits abgeschlossenen Fällen aus gesetzlichen Gründen mindestens zehn Jahre aufbewahren. Was immer auch der Grund ist, es muss dringend sein, denn solche Blitzaktionen gepaart mit einem Chauffeurdienst und dann noch zur späten Stunde sind eindeutig kein Usus, auch nicht bei den Zürcher Kollegen.

Jennifer bemerkt bei ihren Gedankengängen, dass sie seit zwei Jahren den Kanton Bern gar nicht mehr verlassen hat. In der Stadt Zürich selbst war sie das letzte Mal mit ihrem Ehemann Mike und ihrer Tochter

Evelyne. Gemeinsam besuchten sie den Züri-Zoo. Besonders die Giraffen hatten es Evelyne damals angetan. So sehr, dass ihre Eltern nicht darum herumkamen ihrer Tochter eine Plüschgiraffe aus dem zoointernen Shop zu kaufen. Es war ein schöner Tag. Einer von vielen. Jennifer lächelt bei dem Gedanken, doch so rasch, wie sich die Mundwinkel seitlich nach oben bewegen, so schnell fallen sie wieder nach unten. Denn eines ist klar, so einen schönen Tag wird es nie mehr geben. Der Traum von Familie ist vor zwei Jahren zerplatzt, wie ein Ballon über dem Feuer. Glatteis, billige Winterreifen, schlechte Sicht und eine scharfe Kurve. Mike konnte den Wagen nicht mehr auf die Fahrbahn zurücklenken. Gleich mehrfach überschlug es den Audi einen Abhang hinunter.

Als Jennifer damals ihre Augen öffnete, wirkte es auf sie wie ein Albtraum, doch als sie die defekte Frontscheibe sah und den kalten Wind spürte, der hindurchwehte, wurde ihr unweigerlich klar, dass sie sich in der Realität befindet. Langsam begann sie ihren Kopf zur Seite zu bewegen. Es war still. Zu still. Mike rührte sich nicht und von Evelyne war auf dem Rücksitz kein Mucks zu hören. Jennifers ganzes Gesicht brannte, von den vielen Glassplittern, die sich rund um ihre Nase und ihre Augen in ihre Haut gebohrt hatten. Ein Summen betäubte ihre Ohren und ihr Puls schlug in einem Tempo, der dem eines Maschinengewehrs gleichkam. Langsam begann sie nach der Hand ihres Mannes zu greifen. Nach mehrfachem Überprüfen kam die Gewissheit: Mike war tot. Kein Puls mehr. Das Leben war aus ihm gewichen. Hastig begann Jennifer den Gurt zu lösen, und sich nach hinten zum Rücksitz zu drehen.

Der Chauffeur parkiert unterdessen die Limousine mit dem Zürcher Nummernschild auf einen Parkplatz ein.

«Wir sind da, Frau Caruso. Die Justizdirektorin Gabriella Studer erwartet Sie bereits im zweiten Stock. Ebenfalls anwesend sein sollte der Staatsanwalt Martin Mosimann.»

Jennifer steigt aus, nimmt einen Batch entgegen, mit dem sie das Amtsgebäude betreten darf. Vorher wendet sie den Kopf nach hinten und schaut zum Chauffeur, der in seinem Anzug und mit seinen breiten Schultern ebenso gut als Bodyguard durchgehen könnte.

«Was soll das?», versucht sie nochmals den Grund ihres Aufenthalts hier in Erfahrung zu bringen.

«Sie werden es gleich verstehen. Gehen Sie rein, Frau Caruso», so die karge Antwort des Chauffeurs.

Zur selben Zeit in der Justizvollzugsanstalt Pöschwies. Valentin Speranza hat auf dem Spazierhof gerade eine Schachpartie hinter sich gebracht. Ivan, ein älterer Russe, ist der einzige Gegenspieler, der Speranza wenigstens ab und zu in die Nähe eines Schachmatt drängen kann. Doch wirklich gewonnen hat er noch nie. Noch keiner in der Pöschwies konnte Speranza bisher im Schach bezwingen, nicht einmal der Gefängnisdirektor. Als Mitglied des Zürcher Schachvereins wollte es der Direktor Wolfgang Strauss vor zwei Jahren persönlich wissen. Ein Duell mit dem Gentleman, mal kurz allen zeigen, dass niemand unschlagbar ist. Doch bereits nach zwanzig Minuten hiess es schachmatt. Speranza bedankte sich für das Spiel, ohne jegliche Freude oder gar

Schadenfreude. Noch heute wird diese Geschichte gerne unter den Insassen herumgetratscht, auch wenn sich die Version von Erzähler zu Erzähler verändert hat. So ist heute die Rede davon, dass Speranza den Direktor in nur zwei Minuten schachmatt gesetzt und man um eine Haftlockerung gespielt habe, was dann aber von Seiten der Direktion nicht eingehalten wurde. Ein Schwachsinn sondergleichen, doch halt ein bestehendes Gerücht.

Speranza selbst ist das Gerede um ihn egal. Ihn interessiert die Meinung anderer nicht. Seit nahezu zwei Jahrzehnten hat er sich von der Aussenwelt zurückgezogen und sich mit dem arrangiert, was ihm aufgebrummt wurde. Seine Welt, sein soziales Umfeld und seine Freuden wurden kleiner und bescheidener, doch sein Geist und sein Wissen vervielfachte sich. Unter dem Motto «Das Beste aus der Zeit machen» begann er sich weiterzubilden. Mittlerweile hat er seinen inneren Frieden gefunden. Einen inneren Frieden, der so manch anderen zu beängstigen vermochte. Sterben im Gefängnis, so sah seine bisherige Perspektive aus. Doch plötzlich begann sich der Verwahrte juristisch zu wehren. Nach einem Selbststudium in Sachen Jura begann er sich selbst zu verteidigen. Zusätzlich einen Anwalt beiziehen wollte er nicht. Es folgte eine Gerichtsverhandlung, unter Ausschluss der Öffentlichkeit. Dann geschah etwas Erstaunliches. Die Verwahrung wurde aufgehoben und somit eine Tür zurück in die Freiheit geöffnet. Doch auch wenn die neue Perspektive, das Leben und Sterben in der Freiheit, eine bessere als die zuvor ist, so sehr ist sich Speranza bewusst, dass die Welt nicht auf ihn wartet. Ein Wiedereinstieg in die Gesellschaft wird schwierig, vor allem für jemanden wie ihn, der sich ihr ganz abgewendet hat, sei es nur schon durch den Verzicht auf einen Fernseher oder das Lesen einer Zeitung.

Nebst den alltäglichen Herausforderungen würde Speranza auch von Seiten der Justiz einen heftigen Druck zu spüren bekommen. Man würde ihn eventuell überwachen, ihm etwas unterschieben wollen und mit allen Mitteln versuchen, dass man ihn zurückholen und wieder hinter Schloss und Riegel verfrachten kann. Speranzas Entlassung in die Freiheit dürfte so manchem Justizmitarbeiter ein mulmiges Gefühl bescheren. Gerade denen, welche seinen Fall noch miterlebt haben. Also die alte Garde, das verlogene Pack, wie Speranza sie gerne nennt.

8

Valentin Speranzas Tagebucheintrag: *Ich liebe dich. Dieser Satz hat uns beide schockiert. Ich weiss, dass es ihr unangenehm war, da sie es wohl kaum laut aussprechen wollte. Wir hatten gerade eine innige Nacht zusammen verbracht, lagen uns in den Armen und dann das. Kaum waren die Worte ausgesprochen, wurde es still. Wenn ich ehrlich bin, so hätte ich es gerne erwidert, doch die Worte über meine Lippen zu bringen, fiel und fällt mir noch immer schwer, sehr schwer sogar. Für einen Moment horchten wir beide auf den Ventilator über dem Bett, der Klimpergeräusche von sich gab, als würde er demnächst einen Sinkflug hinlegen.*

Liebe ist laut Wissenschaftlern ein neurotischer Zustand, laut Philosophen etwas Magisches, für viele Normalbürger etwas Inexistentes, da sie den Glauben daran bereits lange verloren haben. Es gibt aber Menschen, welche an die Liebe glauben, nach ihr streben und, wenn sie sie gefunden haben, auch wissen, wie sie auszukosten ist. Zu welchem Typ ich gehöre, ich weiss es aktuell nicht, wirklich nicht. Gerne wüsste ich es, doch momentan verstosse ich gegen so viele meiner Prinzipien, dass ich nicht in der Lage bin klar zu definieren.

Ich liebe dich. Noch immer hallen ihre Worte durch meinen Kopf. Ich erinnere mich genau, wie ich mich nach diesen Worten einige Minuten später umgedreht habe, wie wir uns beide mit geweiteten Pupillen in die Augen geblickt haben. Es war ihr noch immer sehr unangenehm, das konnte ich ihrem Gesichtsausdruck entnehmen. Mir auch, doch mein Pokerface ist geübter als das ihre. Ich habe das Bestmögliche getan, um Ablenkung zu schaffen. Meine Finger haben ihren nackten Oberschenkel unter der Decke zu streicheln begonnen. Ihr Blick verfeinerte sich, wie ein Kätzchen, welches gerade seine Streicheleinheiten vom Herrchen abbekommt. Anstelle eines Schnurrens erhöhte sich der Takt ihres Atems. Sanft rutschte ich näher an sie heran. Unsere Münder öffneten sich, unsere Zungen begannen, Tango zu tanzen. Mein Griff an ihren Oberschenkel wurde fester. Behutsam drückte ich ihren Unterleib gegen meinen. Meine linke Hand begann, sich an ihren Brüsten hochzutasten. Ihr Stöhnen zeigte mir, dass sie ebenfalls für die nächste Runde bereit war. Sie drehte sich auf den Rücken und signalisierte mir mit ihrem Raubkatzenblick, dass ich auf sie rauf soll. Ich sollte für den Anfang die Führung übernehmen, es ihr besorgen, ihr zeigen, wie sehr ich empfinde wie sie.

Während ich auf ihr hin- und her wippte, zog sie meinen Kopf zu sich hinunter und steckte mir ihre Zunge so tief in den Hals, als würde sie die Gier komplett überkommen. Dann drehte ich mich um, legte mich auf den Rücken. Sie setzte sich auf mich und begann mich zu reiten. Es war kein normales Reiten, es war ein intensives auf mir Herumturnen, so intensiv, dass unser Bettgestell so laut zu klappern begann, dass selbst die Geräusche des Ventilators über uns übertönt wurden. Es war heisser Sex. Kein aussergewöhn-

licher wie sonst, doch inniger und zugleich auch eine Antwort auf das Unausgesprochene.

9

Gabriella Studer mustert die Frau, ihr gegenüber auf dem Sessel. Irgendwie hat sie sich Jennifer Caruso anders vorgestellt. Die Berner Psychiaterin vor dem Treffen noch zu googeln, lag zeitlich nicht mehr drin. Zu sehr ist die Zürcher Justizdirektorin bei ihren aktuellen Fällen in Verzug, als dass sie nur einmal kurz Zeit hätte, ihre persönliche Neugier oder etwas Privates zu stillen. Caruso wirkt auf Studer überraschend sympathisch. Normalerweise hat es Studer bei den Psychologen und Psychiatern meist mit Eigenbrötlern zu tun, als müssten sie selbst mal auf dem Therapiesofa Platz nehmen. Caruso ist eine andere Erscheinung. Eine hübsche Frau,

Mitte dreissig, der man zwar durchaus ansieht, dass sie einiges in ihrem Leben durchgemacht hat, die aber zugleich ein enormes Selbstbewusstsein und eine innere Stärke ausstrahlt.

«Warum bin ich hier?», beginnt Caruso die Stille zu brechen.

Studer überlegt einen Moment, wie sie das Gespräch eröffnen soll. Danach entschliesst sie sich, ihr Gegenüber direkt in alles Wichtige einzuweihen, damit die Therapie für Speranza aufgegleist werden kann und Studer sich endlich wieder ihren aktuellen Fällen widmen kann, auch im Wissen, dass sie der Fall Speranza noch längere Zeit beunruhigen wird.

«Valentin Speranza ist ein verwahrter Straftäter, dessen Verwahrung aufgehoben wurde», leitet Studer das Gespräch ein. «Kommenden Montag steht seine Entlassung an. Es handelt sich um einen ganz besonderen Fall. Die Akten im Fall Speranza stehen unter Verschluss. Weder die Presse noch sonst wer ist über diesen Fall informiert und so muss das auch zwingend bleiben. Sie müssen sich also der enormen Wichtigkeit in Sachen

Schweigepflicht in diesem Fall bewusst sein. Sie dürfen kein Wort …»

«Ich bin ein Profi, Frau Justizdirektorin», unterbricht Caruso selbstbewusst.

«Gut», erwidert Studer beruhigt. «Bis vor achtzehn Jahren war Valentin Speranza für die Schweizer Regierung tätig. Er war längere Zeit im Ausland stationiert. Seine Aufgaben waren von besonderer Art und seine Position nur schwer zu definieren. Speranza wurde für ganz besondere Fälle eingesetzt.»

«Besondere Fälle?», hakt Caruso nach, während sich ihr Interesse für den Fall zu intensivieren beginnt.

«Die Schweiz ist ein Sauberland. Wir sind für unsere Professionalität, unsere Zuverlässigkeit und unsere Freundlichkeit bekannt. Und doch sind wir ein Land wie jedes andere, auch wir machen Fehler, müssen Entscheidungen fällen, darunter auch solche, die nicht unserer Landesethik entsprechen. Dabei gibt es manchmal Situationen, besonders im Ausland, in Kriegsgebieten, wo man sich den dortigen Gegebenheiten anpassen muss. Man muss von hier aus Entscheidungen treffen, für die andere ins Gefängnis kommen könnten, man muss etwas Schlimmes in Auftrag geben, um viel Schlimmeres zu verhindern.»

«Oh, mein Gott. Der Typ war ein Auftragsmörder der Regierung», schiesst es aus Caruso raus.

Studers Pupillen weiten sich. Für einen Moment herrscht Stille.

«Naja so würde ich das nun nicht ausdrücken. Eher ein Agent, so eine Art Schweizer James Bond, der auch mal den einen oder anderen ausknipsen musste.»

«Ok, und warum sitzt er in Haft?», hakt Caruso ungeduldig nach.

Studer öffnet einen Ordner, den sie auf ihrem Schreibtisch bereitgestellt hat, danach entnimmt sie ihm einige Blätter und breitet sie nebeneinander auf der Tischplatte, direkt vor Carusos Augen, aus. Beim Anblick der dazugehörigen Fotos wird es Caruso übel, beinahe so wie nach einer durchzechten Nacht. Vor ihr liegen mehrere Bilder von verstümmelten Menschen. Ein Mann, dem beide Arme fehlen, eine Frau ohne Beine, zwei kleinere Menschen, es könnten Kinder gewesen sein, einem davon fehlte der Kopf, daneben ist ein Tier zu erkennen, welches an einem Strick an einer Lampe aufgehängt wurde.

«Oh, mein Gott. Das war Speranza?»

«Ja, laut den russischen Behörden geht dieses Massaker auf sein Konto.»

«Und was war der Auslöser? Wie hat sich Speranza zu dem Vorwurf geäussert? War er geständig?»

«Speranza hat bis heute nicht über den Fall gesprochen», erklärt Studer mit starrem Blick.

«Und wie konnte die Tat therapeutisch aufgearbeitet werden?»

Studer wartet einen Moment ab, bis sie antwortet.

«Naja, bisher wurde Speranza noch nie therapiert.»

«Wie bitte? Und wie kann man eine Verwahrung auflösen, wenn die Tat nicht aufgearbeitet wurde?»

Caruso kann es nicht fassen. In der Schweiz werden bereits Kleinkriminelle therapiert, und gerade der Kanton Zürich ist bekannt dafür, dass sich die Türen in die Freiheit ohne eine erfolgreiche Therapie nicht öffnen, erst recht nicht bei einer Verwahrung.

«Wie bereits gesagt, es ist ein spezieller Fall. Das bedeutet auch eine unkonventionelle Therapie. Sie werden die erste Therapeutin sein, die mit Speranza in Kontant kommt. Wir erhoffen uns, dass Sie, wie auch immer, zu ihm durchdringen und bei der Widereingliederung behilflich sein können. Mir ist bewusst, dass Sie viele Stunden investieren müssen und sich die Kosten dafür weit über dem Üblichen bewegen werden, doch machen Sie sich darüber keine Sorgen. Wir werden für sämtlichen Mehraufwand aufkommen», erklärt Studer, ohne dabei Caruso einmal anzuschauen.

«Und was, wenn er rückfällig wird?»

Studer schweigt. Auf diese Frage kennt die Justizdirektorin die Antwort. Sich darüber Gedanken zu machen, traut sie sich jedoch nicht, denn es würde nicht nur das Ende ihrer Karriere bedeuten, sondern zugleich einen Grossskandal auslösen, der nicht nur die gesamte Zürcher Justiz in Verruf bringen könnte, sondern auch das Bundeshaus.

«Und wieso ich?», unterbricht Caruso die plötzlich herrschende Stille.

«Sie haben doch lauter hochqualifizierte Therapeuten in Zürich, wieso kommen Sie auf mich?»
«Speranza hat Sie als Psychiaterin verlangt. Er sei einzig dann bereit eine Therapie zu absolvieren, wenn er von ihnen therapiert wird.»
«Wieso von mir? Er kennt mich ja gar nicht!»
«Ja, darauf haben wir auch noch keine Antwort erhalten. Wir haben gehofft, es von Ihnen zu erfahren, doch Ihrer Reaktion nach kann ich nun auch diese Hoffnung begraben.»
Studer beginnt einige Einzelheiten in Sachen Rechnungsadresse und Kontaktpersonen zu erklären. Caruso sei verpflichtet jederzeit erreichbar zu sein und jegliche Gespräche zu dokumentieren. Wöchentlich sei ein Bericht abzugeben, wie es um den psychischen Zustand von Speranza stehe, auch welche Fort- oder schlimmstenfalls auch Rückschritte er mache. Es sei nicht nur eine Therapie, sondern auch eine Art Kontrolle. Studer und Staatsanwalt Mosimann werden als einzige Kontaktpersonen festgesetzt, zudem wird Caruso eine Schweigepflichtsvereinbarung vorgelegt, die äussert

scharf verfasst ist. Nach der Signatur des Dokuments erhält Caruso einen Handzettel mit einem Datum und einer Zeitangabe.

«Speranza wird am kommenden Montag aus der Haft entlassen. Wir wären dankbar, wenn Sie ihn in der Justizvollzugsanstalt Pöschwies abholen und nach Bern begleiten können. Er hat sich bereits ein Zimmer im Kursaal reserviert, bis er eine Wohnung gefunden hat.»

«Ziemlich kostspielig, diese Unterkunft», bemerkt Caruso.

«Naja, Speranza verfügt über ziemlich hohe Rücklagen, trotz Gerichtskosten, die er bereits komplett abbezahlt hat. Als Mitarbeiter der Regierung hat er in der Vergangenheit gut verdient und auch in den letzten achtzehn Jahren Haft einiges zusammensparen können. Geld wird also sein kleinstes Problem sein.»

«Gibt es Angehörige oder Freunde, die ihn besucht haben?», will Caruso wissen.

«Nein, es gibt niemanden. Er ist ein Waisenkind und fürs Freundschaftenknüpfen fehlte es ihm stets an Zeit respektive an einem Privatleben. Auch in der Justizvollzugsanstalt hatte er nur mit wenigen Insassen regelmässig Kontakt, mit den meisten nur beim Sport oder Schachspielen. Es sind keine engen Freundschaften dokumentiert, auch keine Brieffreundschaften oder Telefonkontakte.»

Die beiden Frauen erheben sich. Studer streckt Caruso die Hand entgegen.

«Ich freue mich auf unsere Zusammenarbeit. Wir alle zählen auf Sie!»

10

Speranza sitzt am Rand seines Zellenbettes. In seiner Hand hält er einige mittlerweile vergilbte Fotos. Es sind die einzigen Erinnerungen an die Zeit vor seiner Inhaftierung, eigentlich sogar die einzigen Erinnerungen überhaupt aus seinem Leben. Speranza besitzt lediglich zwei Koffer gefüllt mit Kleidern, die ihm heute nach vielen Jahren wieder ausgehändigt werden. Ein Blick auf das Foto in seiner Hand: Es zeigt eine Aufnahme aus Afghanistan.

Es war ein zweiwöchiger Einsatz. Der kleine Karim, der auf dem Foto neben ihm abgebildet ist, war ein Strassenjunge, dem Speranza sein Leben verdankt. Es war eine reine Spionagemission. Al Bakri überwachen. Kontrollieren, ob er wirklich Schmiergeld an den Schweizer Botschafter Thomas Sonderegger zahlte. Als er die beiden in den Strassen von Kabul von einer Strassenecke her beobachtete, schlich sich jemand mit einem Messer von hinten an. Karim, der gerade die Strasse daneben überquerte, erspähte den Hinterhalt. Aus tiefster Kehle begann der Junge zu schreien und so Speranza zu warnen.

Danach verlief alles innert Sekunden. Eine schnelle Drehung, das Messer abwehren, ein Fausthieb in den Hals des Angreifers, gefolgt von einer Standardverteidigung aus dem Aikido, durch die der Angreifer direkt auf den Boden verfrachtet wurde. Final noch ein Tritt ins Gesicht, sodass die Nase zu Matsch und der Angreifer bewusstlos wurde. Danach hiess es schnell weg, die Beobachtungsmission musste unterbrochen werden, denn wenn man sich verdeckt in einem Land aufhält, man also offiziell gar nicht hier ist, so darf man auch kein Aufsehen erregen und sollte man es doch, dann konnte es sehr gefährlich werden. Karim folgte Speranza durch die Gassen von Kabul. Speranza, der normalerweise jeden Verfolger durch seinen geschärften Instinkt binnen Sekunden entlarvte, bemerkte es erst spät.

«Du hast mir das Leben gerettet», bedankte er sich in Englisch. Danach steckte er dem Strassenjungen einige Münzen zu.

Speranza entfernt seinen Blick vom Foto. Die Zellentür öffnet sich. Der kurz vor seiner Pensionierung stehende Aufseher Baumgartner tritt herein.

«So, Speranza, wer hätte das gedacht, dass Sie aus der Pöschwies noch vor mir rauskommen.»

Baumgartner schenkt seinem Gegenüber ein freundliches Lächeln.

«Wie lange müssen Sie noch, Herr Baumgartner?»

Speranza mag diesen Aufseher. Er war einer der wenigen, mit dem er sich regelmässig unterhalten hat.

«Noch ein halbes Jahr, dann bin ich endlich im Ruhestand. Nach dreissig Jahren im Knast. Endlich Zeit für meine Enkelkinder und meinen Hund. Ich freue mich auf das, was kommt.»

Speranza schenkt Baumgartner seinen freundlichsten Blick.

«Das sind hervorragende Perspektiven. Ich gönne es Ihnen.»

«Und Sie, Speranza? Was haben Sie mit Ihrer neu gewonnenen Freiheit vor? Es gibt bestimmt viel nachzuholen, oder nicht?»

Speranza schweigt. Nicht, weil er nicht antworten will, sondern weil ihn die Frage gerade überfordert.

«Wissen Sie, wenn ich ehrlich bin, so habe ich keine Ahnung, was ich da draussen machen werde. Ich besuche sicherlich einige kulturelle Veranstaltungen. Mir die Stadt Bern aus jedem Winkel anschauen. Mir ein kleines bescheidenes Leben aufbauen.»

«Naja, bescheiden, Herr Speranza, bei allem Respekt, aber wie man hört, müssen Sie nicht gerade am Hungertuch nagen nach Ihrer Entlassung. Wenn ich an meine Rente denke, da muss wohl eher ich von einer bescheidenen Zukunft sprechen.»

«Was ist Geld ohne Freiheit? Glauben Sie mir, es gibt Dinge, die konnte man noch nie kaufen und die wird man auch nie kaufen können.»

«Da haben Sie recht, Speranza. So, nun genug geredet, packen Sie Ihre Sachen, danach helfe ich Ihnen beim Auschecken aus unserem Vier-Sterne-Hotel.»

Die beiden beginnen zu lachen, sogar Speranza, der in den letzten achtzehn Jahren nur selten einen Grund dazu hatte.

11

Tagebucheintrag Gabriella Studer: *Ich vermisse die Zeit, als ich ein kleines Mädchen war, da war die Welt noch in Ordnung. Eine Zeit, in der es nur weiss und schwarz gab. Grau war nie ein Thema. Wir spielten Räuber und Gendarm, wobei immer klar war, wer der Böse und wer der Gute war. Auch später im Teenageralter, als ich von der Liebe zu träumen begann, war alles noch rosarot gefärbt. Heute erwache ich neben meinem Mann Wolfgang, blicke zu ihm rüber und bin fern jeglicher Gefühle.*

Sex ist bei uns so selten wie ein tiefgründiges Gespräch. Wenn wir sprechen, dann erzählt er mir von seiner Arbeit als Architekt. Bereits dem kann ich nichts entgegenhalten, da ich über meine Arbeit im Privaten mit niemandem sprechen darf. So beginne ich über ein Buch zu reden, doch bereits nach zwei Sätzen werde ich von ihm unterbrochen. In den Morgenstunden beginne ich mittlerweile bereits mit dem Flüchten. Ich ziehe mir meine Sportsachen an, gehe joggen, mich auspowern, bevor ich mich unter die Dusche begebe, wo ich mich nicht nur gründlich einschäume, sondern auch allmorgendlich masturbiere. Es ist mein kleiner erotischer Tempel, wo ich an mir selbst herumspiele und mir immer wieder einrede, dass doch alles in Ordnung sei. Doch wie strukturiert, pflichtbewusst und ehrgeizig ich im Sport und bei der Arbeit bin, so sehne ich mich nach einem Fall. Ich will mich fallen lassen, in die Arme eines Mannes, freischwebend durch die Lüfte fliegen, mich mit ihm amüsieren, den Kopf abschalten und einfach mal vögeln.

Mein letztes Mal ist lange her. Mit Wolfgang schon einige Monate, danach gab es noch eine kurze Affäre. Walter Brechbühl, ein junger Anwalt aus Burgdorf, schaffte es einige Male meine Libido zum Kochen zu bringen. Wir trafen uns während dreier Monate wöchentlich in unterschiedlichen Hotels. Es war unkompliziert: essen gehen und Sex.

Ironischerweise war es gerade das Unkomplizierte, das mich mehr erfüllte als das Leben zu Hause, von dem ich als Teenie noch geträumt habe, dem Wunschleben, das einem bereits früh eingetrichtert wird, ein Leben mit Mann, Haus, Hund und Kindern. Obwohl Wolfgang und ich letzteres nicht haben, da er nicht zeugungsfähig ist, war das für mich nie ein Beziehungs- oder gar Traumkiller. Kinder passten eh nicht in meine Karrierepläne. Sex hingegen schon. Guter Sex entspannt mich seit jeher. Es ist der Ausgleich zu meinem sonst eher gefühlskalten und strengen Alltag, der mich manchmal nahe an meine Grenzen bringt.

Zwölf Jahre bin ich mit Wolfgang verheiratet. Die ersten vier Jahre waren voller Liebe, innigem Sex, heissen Quickies, doch irgendwann wandelten sich die Flammen zu Funken und mittlerweile liegt einzig noch Asche auf unserem Eheboden. Wolfgang hatte vor einigen Jahren eine Affäre. Er hat es mir in betrunkenem Zustand gestanden. Seine Sekretärin, gerade mal zwanzig Jahre jung, zeigte ihre Qualitäten nicht nur am, sondern auch auf dem Schreibtisch. Wieso ich es verzeihen konnte? Wieso es mich nicht so sehr verletzt hat, wie es eigentlich hätte sollen? Ich weiss es nicht. Um ehrlich zu sein, törnte mich der Gedanke sogar an, wie er die junge Blondine auf dem Pult bumste. Vielleicht weil es mir bestätigte, dass er es noch konnte, wenn er wollte. Ach, wenn er doch nur wollte! Aktuell habe ich viel um die Ohren. Bei der Arbeit stehe ich unter Druck und die Vergangenheit meiner Vorgänger breitet sich über mir aus wie ein rasch aufkommendes Unwetter. Ich muss Druck abbauen, um meine Batterien aufzuladen. Meine erotische Welt muss grösser werden als eine ein Quadratmeter grosse Duschkabine. Die Glut muss entfachen und in ein Feuer ausbrechen. Ich bin bereit, doch wo bist du?

12

Staatsanwalt Mosimann lässt den Rauch seiner Cohiba-Zigarre im Büro hochsteigen. Das Rauchen ist seit Jahren in den Büroräumlichkeiten des Justizgebäudes verboten, doch das interessiert ihn nicht. Seine Kolleginnen und Kollegen haben sich mittlerweile damit abgefunden. Mosimann ist schon seit jeher als Koryphäe unter den Zürcher Staatsanwälten bekannt. Er gilt als harter Hund, der sich in seine Fälle verbeisst. Seine Forderungen vor Gericht sind streng und so mancher Zürcher Straftäter betet beim Start der Strafuntersuchung darum, nicht diesen Staatsanwalt an der Backe zu haben. Nach einem weiteren Zug an der Cohiba wendet er sich seinem Gegenüber zu. Tobias Funk ist ein Privatdetektiv, der schon öfters von Mosimann in anderen Fällen eingesetzt wurde, da, wo die Untersuchungsmöglichkeiten beschränkt waren. Diesmal benötigt er Funk dringender denn je.

«Tobias, diesmal brauche ich deinen vollen Einsatz. Es geht um einen bis vor kurzem verwahrten Straftäter, der heute entlassen wird. Du musst dich an seine Fersen heften, ihn beobachten und mir regelmässig Bericht erstatten.»

Funk räuspert sich, danach richtet er sich auf dem Stuhl empor.

«Martin, eine Vierundzwanzig-Stunden-Observation wird teuer und zudem habe ich noch andere Fälle, die ich nicht einfach abrupt beenden kann.»

«Das weiss ich, Tobias, doch ich bitte dich, so viel Zeit wie möglich in diese Observation zu investieren. Es handelt sich um eine höchst diffizile Angelegenheit. Sollte Speranza Schwierigkeiten machen, müssen wir ihn, ohne zu zögern, aus dem Verkehr ziehen, mit welchen Mitteln auch immer.»

Funk beginnt zu husten. Der Rauch der Cohiba stört ihn bei jedem Treffen aufs Neue, doch es je auszusprechen wagt er nicht, zu sehr ist er auf die immer wieder lukrativen Aufträge des Staatsanwalts angewiesen.

«Und wo soll die Observation stattfinden, in der Innenstadt?»

«Nein, in Bern», präzisiert Mosimann in strengem Ton.

Funk ist wenig begeistert, denn normalerweise überschreitet er den Radius von fünfzig Kilometern ab seiner Detektei nicht.

«Gibt es Akten zu dem Fall? Ich weiss gern, wen ich observiere, das weisst du, Martin.»

«Nein, diesmal nicht. Ich werde dir lediglich ein Foto und die Adresse des Hotels übergeben können. Alle Informationen über diesen Fall sind unter Verschluss.»

«Wie gefährlich ist dieser Speranza?»

Mosimann antwortet mit einem strengen Blick, der als Antwort genügt. Danach zieht er erneut an seiner Cohiba und bläst den Rauch direkt in Funks Gesicht.

Als dieser zu husten beginnt, fängt Mosimann an zu lächeln.

«Ich will diesen verdammten Hund von der Strasse haben, also bring mir etwas Handfestes, dass ich ihn so schnell wie möglich zurück in die Pöschwies verfrachten kann.»

Unterdessen steht Caruso vor dem Eingangstor der Strafanstalt Pöschwies im Zürcherischen Regensdorf. Sie war noch nie hier. Die Anstalt kennt sie lediglich aus den Medien und aus Büchern. Die Strafanstalt Thorberg im Kanton Bern ist ihr hingegen bestens bekannt. So manchen Straftäter musste sie in der Vergangenheit dort besuchen und viele davon anschliessend begutachten. Straftäter zu therapieren war stets etwas Besonderes. Während bereits die normalen Patienten zum Lügen neigen, heben es die Straftäter noch auf eine neue Ebene. Oftmals liegt es nicht mal daran, dass sie von Grund auf verlogen sind, sie werden in vielen Fällen dazu gezwungen, da sich das Tor zur Freiheit schneller oder überhaupt erst bei erfolgreich absolvierter Therapie öffnet. So manche Phobie, manche düstere Gedanken, manche dunkle Tat bleiben daher unausgesprochen, da jede Abnormalität die Inhaftierung noch verlängern könnte. Und doch, muss Caruso sich eingestehen, führte sie einige ihrer tiefgründigsten Gespräche hinter den Mauern des Thorbergs. Die Insassen hatten nur selten jemanden zum Reden und sie verfügten zudem über Zeit, etwas, was den gewöhnlichen Patienten in der Freiheit oft fehlte.

Nach ihrer Dissertation begann Caruso an ihrem Buch zu arbeiten. «Jeden kann man retten» wurde ein Bestseller im Sachbuchbereich. Noch heute werden einige Ansätze aus ihrem Buch beim Therapieren von Straftätern verwendet. Caruso setzt sich seit jeher dafür ein, dass die Therapien bei Straftätern nicht mit dem Tor zur Freiheit gekoppelt sein dürfen. Eine sehr umstrittene Meinung, doch Caruso ist davon überzeugt, dass eine Therapie nur bei kompletter Offenheit fruchtet und diese erst möglich ist, wenn der Straftäter sich sicher fühlt. Sicher in der Hinsicht, dass sein Therapieergebnis nicht mit dem Tor zur Freiheit gekoppelt ist. Caruso ist davon überzeugt, dass wenn man die Therapie zeitlich begrenzen würde, dies zwar riskant ist, doch die Zahl der erfolgreichen Therapien sich erhöhen würde. Zudem vertritt Caruso den Ansatz, sich nicht nur mit den Taten auseinanderzusetzen, sondern die Stärken der einzelnen Straftäter zu eruieren. Ihr Selbstbewusstsein am richtigen Ort zu stärken und ihnen so aufzuzeigen, wie sie ohne kriminelle Handlungen im Alltag erfolgreich sein und zu innerem Frieden finden können.

So viele Fans wie Caruso hat, so viele kritische Stimmen gibt es auch. Einige böse E-Mails treffen noch heute bei ihr in der Praxis ein. Während Caruso das Tor der Pöschwies anstarrt und darüber nachdenkt, was sich hinter diesen Mauern wohl schon alles abgespielt hat, drückt ein Aufseher im Innern auf den Öffnen-Knopf. Das Tor kommt in Bewegung. Caruso spürt Nervosität. Wieso sie diesen Fall angenommen hat, weiss sie nicht, doch der Reiz nur schon zu erfahren, weshalb Speranza sie als Therapeutin verlangt hat, war für sie Grund genug sich diesem beruflichen Abenteuer zu stellen. Die Sonne blendet. Caruso hält sich die Hand vors Gesicht, um das Tor im Auge zu behalten. Die Konturen mehrerer Männer erscheinen. Caruso macht einen Schritt zur Seite. Sie erkennt einige uniformierte Herren, die sich von einem zivil gekleideten eleganten Mann verabschieden. Sie schütteln sich die Hände und wechseln einige Worte. Speranza nimmt seine zwei Koffer entgegen und läuft auf den Vorplatz der Strafanstalt. Er hat sich gut gehalten, stellt Caruso mit jedem Schritt, den er sich ihr nähert, fest.

«Guten Tag, Herr Speranza, mein Name ist ...»

«Ihr Name ist Jennifer Caruso, es freut mich sehr Ihre Bekanntschaft zu machen.»

13

Speranza hat von der Strafanstalt aus telefonisch ein Taxi geordert, das bereits nach wenigen Minuten eintrifft. Er händigt Caruso einige Dokumente der Strafanstalt aus, unter anderem Arztberichte und die Kopie eines unterzeichneten Dokuments, mit dem er seine Einwilligung in die Therapie bestätigt hat.

«Wieso ich?», fragt Caruso als zeitgleich das Taxi neben ihnen hält.

«Weil Sie die Richtige sind», antwortet Speranza, während er ihr die Tür öffnet und ihr somit den Vortritt gewährt.

Der Gentleman, so nannte man ihn die letzten Jahre. In den wenigen Zeilen, die man Caruso ausgehändigt hat, standen hauptsächlich Erfahrungsberichte der Aufseherinnen und Aufseher. Darunter auch ein Kurzbericht des Direktors, der Speranza als vorbildlichen Insassen rühmt.

Die ersten Minuten Fahrt herrscht Schweigen. Speranza blickt aus dem Fenster und Caruso kann nur ahnen, was in seinem Kopf gerade vorgeht. Wenn man so viele Jahre von der Aussenwelt abgeschnitten war, hat man nicht nur viel verpasst, sondern es hat sich auch vieles verändert. Die modernen Fahrzeuge, neuerrichtete Bauten, der Fortschritt der Technik sind nur einige der Herausforderungen, die da draussen auf einen warten. Caruso hatte schon einige Patienten, die nach jahrelanger Haft rauskamen. Nicht wenige davon fanden sich niemals mehr im Alltag zurecht. Ein Patient beschwerte sich einst, dass man nicht einmal mehr gegrüsst werde, alle seien mit Kopfhörern ausgestattet und in ihre Smartphones vertieft. Ein anderer hockte einmal baff vor ihr auf dem Stuhl. Er betonte mehrfach, dass die Frage, die er stellen wollte, eventuell peinlich sei. Erst nach mehrfachem Auffordern traute er sich es auszusprechen: «Ich habe mir ein Smartphone gekauft. Doch irgendetwas stimmt damit nicht, ich finde die Tasten nicht, um es zu bedienen!» Caruso wurde bei diesem Patienten erstmals klar, wie schwierig eine Integration nach vielen Jahren sein kann. Viele schaffen es nicht einmal, sich ein Zugticket zu kaufen, da sie noch nie zuvor in Berührung mit einem Touchscreen gekommen sind. Was für uns Peanuts und Alltag ist, kann für ehemalige Strafgefangene eine grosse Herausforderung darstellen. Gerade in Fällen wie Speranza, wo keine Angehörigen vorhanden sind, muss man als Psychiaterin besonders als Stütze fungieren, denn oft schämen sich die Patienten, überhaupt um Hilfe zu bitten. Ehemalige Strafgefangene haben es oft satt, dass man für sie denkt, dass man ihnen sagt, was sie zu tun haben. Sie sehnen sich nach Selbstständigkeit, Freiheit und das letzte, was sie wollen, ist Mitleid oder bei Kleinigkeiten um Hilfe bitten zu müssen.

«Wie fühlt es sich an?»

Caruso bricht das Schweigen.

«Wie fühlt sich was an?»

«Bestimmt ein seltsames Gefühl nach so langer Zeit.»

«Auch die Zeit hinter Gittern ist Lebenszeit.»

Speranza blickt zu Caruso hinüber.

«Gewöhnliche Menschen überlegen nur, wie sie ihre Zeit verbringen. Ein intelligenter Mensch versucht, sie zu nutzen.»

«Ach, das klingt aber schwer nach Schopenhauer», schmunzelt Caruso.

«Ja, richtig.»

«Sie sehen sich selbst also als nicht gewöhnlich und intelligent an?», hakt Caruso mit therapeutischem Unterton nach.

«Frau Caruso, ich bitte Sie, wenn Sie mich nun als Narzissten einstufen wollen, dann enttäuschen Sie mich sehr.»

Wer ist dieser Mann, schiesst es Caruso durch den Kopf. Sie weiss nicht, was es ist. Doch sie spürt eine unglaubliche Ausstrahlung, einen unbeschreiblichen Energiestrom, der zu ihr herüberschwebt. Ein Mann, der nach beinahe zwanzig Jahren Gefangenschaft in gelassener Ruhe im Taxi sitzt und Schopenhauer zitiert, das dürfte eine grössere Herausforderung werden, als zuvor gedacht. Während das Taxi auf der Autobahn in Richtung Bern fährt, beginnt es zu regnen. Es ist Herbst und auf Carusos Wunsch hin dreht der Taxifahrer die Heizung auf.

«Mich beschäftigt die Frage, weshalb Sie mich gewählt haben.»

«Ich weiss», so Speranza prägnant.

«Sie lassen mich die Aussicht nicht geniessen, bevor ich die Frage beantwortet habe, stimmts?», doppelt er nach.

Caruso muss lächeln und bejaht mit einem kurzen Nicken.

«Wir machen einen Deal, ok?», schlägt Speranza vor.

«Was für einen Deal?»

«Ein Deal für die bevorstehende Therapie.»

Carusos Gesichtsausdruck zeigt Unverständnis.

«Und wie soll der aussehen?»

«Sie stellen mir eine Frage, danach stelle ich Ihnen ebenfalls eine. Wollen Sie eine Antwort von mir, so müssen auch Sie mir Antworten geben.»

Speranza schlägt den Deal vor, ohne seinen Blick von der Welt draussen wegzubewegen.

«So funktioniert eine Therapie nicht», versucht Caruso irritiert zu erklären.

«Hat man Ihnen nicht gesagt, dass bei mir eine konventionelle Therapie nicht fruchten wird?»

Wüsste es Caruso nicht besser, so könnte sie gerade schwören, dass Speranza erstmals gelächelt hat.

«Also gut, gehen wir mal davon aus, ich spiele dieses Spiel mit, wie lautet Ihre Frage an mich?»

Speranza dreht seinen Kopf rasch zur Seite. Er fixiert Carusos Augen und greift mit der linken Hand nach ihrer rechten. Ruckartig zieht sie ihre Hand zurück.

«Was soll das?»

«Seit wir losgefahren sind, zittert Ihre Hand. Sie sind schreckhaft, wirken nicht bei der Sache. Ich kann Angst riechen, Ihre ganz besonders.»

Carusos Augen zeichnen Entsetzen. Wer ist dieser Mann? Hat er gerade in ihre Seele geblickt oder ist sie wirklich so transparent nach aussen?

«Ich habe Sie ausgewählt, weil ich Ihr Buch *Jeden kann man retten* gelesen habe. Es hat mich fasziniert, dass eine junge Psychiaterin, kaum hat sie ihre Dissertation fertiggestellt, sich traut, so eine mutige Publikation herauszugeben. Sie haben sehr viel in Stein Gemeisseltes über den Haufen geworfen, das hat mich schwer beeindruckt. Und jemand wie Sie …»

«Jemand wie ich?»

«Jemand wie Sie ist für einen unkonventionellen Fall wie mich genau die Richtige.»

Caruso versucht, ihre Hände ruhig zu halten. Seit es zu regnen begonnen hat, hat sich ihre Nervosität intensiviert. Die Erinnerungen kommen einmal mehr ungewollt und ohne Vorwarnung hoch.

«Nun sind Sie an der Reihe», fordert Speranza seine Psychiaterin auf.

«Ich fahre nicht gern Auto.»

«Das ist keine zufriedenstellende Antwort», bemerkt Speranza, mittlerweile wieder mit dem Blick zur Aussenwelt gerichtet.

«Nein, ist es nicht, doch damit müssen sie sich aktuell begnügen.»

Draussen donnert es. Caruso zuckt gleich mehrfach zusammen. Sie selbst hätte gerne den Zug genommen, doch hat man sie informiert, dass Speranza bereits ein Taxi von seinem Gefängniskonto her bezahlt hat. Ihr blieb nichts anderes übrig als mitzufahren.

«Warum haben Sie nie über Ihre Taten gesprochen?» Caruso versucht, das Thema zu wechseln.

«Es kam noch nicht dazu.»

«Das ist aber auch keine zufriedenstellende Antwort», erwiderte Caruso in leicht genervtem Ton.

«Nein, das ist es nicht, aber damit müssen Sie sich aktuell begnügen.»

Speranzas Worte werden von einem Donnerschlag abgerundet. Caruso weiss nicht, was ihr gerade mehr Angst macht. Die Fahrt im Fahrzeug, das aufkommende Unwetter oder ihr Verdacht, dass Speranza mit ihr ein Spiel spielt, dem sie eventuell trotz jahrelanger Erfahrung nicht gewachsen ist.

14

Tagebucheintrag Martin Mosimann: *Sie befiehlt mir mich auf den Boden zu setzen. Ich gehorche. Ich soll auf allen vieren herumlaufen. Ich gehorche. Sie streckt mir ihren Lederstiefel entgegen. Küssen soll ich ihn. Ich zögere. Sie tritt mich mit dem Absatz seitlich gegen den Oberkörper. Ich gehorche. Ich lecke ihren Stiefel wie ein Strassenhund. Maja ist meine Lieblingsdomina. Seit Jahren besuche ich sie mindestens einmal pro Woche.*

In meinem Job bin ich dominant. Ich muss es sein, sonst wäre ich nicht so erfolgreich. Harter Hund nennen sie mich und das nicht zu Unrecht. Ich liebe meinen Job und doch hasse ich es, immer von Frauen herumkommandiert zu werden. Gabriella Studer sitzt auf dem Justizthron und wenn ich ehrlich bin, so weiss ich, dass ich dort sitzen sollte. Doch es war schon in meiner Kindheit nicht anders. Wir waren drei Kinder. Meine zwei älteren Schwestern kommandierten mich herum genauso wie unsere alleinerziehende Mutter Matilda. Mach das. Hol das. Kannst du noch ... Es ist immer dasselbe geblieben. Bei Maja ist es etwas anderes. Bei ihr liebe ich es, wenn sie mich herumkommandiert, wenn sie mich demütigt, mich schlägt, mich auspeitscht, mit mir Sachen anstellt, die manchmal nicht nur wehtun, sondern auch psychisch an mir nagen. Wieso ich mir das antue? Weil ich drauf stehe, weil es mich geil macht. Am Ende besorge ich es ihr. Nach der Peinigung ergreife ich das Kommando, reisse ihr die Latexmaske herunter, zerreisse ihr Oberteil, beuge sie über die Massageliege, ziehe ihr die Hosen runter und vögle sie von hinten, als gäbe es kein Morgen mehr. Mindestens einmal pro Woche brauche ich ihre Vagina.

Mit meiner Frau Elsbeth habe ich seit Jahren keinen Sex mehr. Irgendwie bin ich auch froh, denn der Blümchensex mit ihr hat mich noch nie befriedigt. Nicht, dass ich sie nicht liebe, doch sexuell reizt sie mich in etwa so sehr wie eine Melone. Maja hingegen entfacht bei mir bereits beim blossen Anblick ein Feuer. Als Partnerin würde sie nie in Frage kommen, doch um meine Batterien aufzuladen, meinen Frust rauszubumsen, dafür ist sie perfekt.

Kennengelernt habe ich sie bei einer Strafuntersuchung im Rotlichtmilieu. Maja musste als Zeugin aussagen und als ich dabei etwas mehr über ihre beruflichen Tätigkeiten zu hören bekam, erkannte ich, wie sehr ich mich nach dem sehnte, was sie anbot. Als der Fall abgeschlossen war, besuchte ich sie in ihrem Sado-Maso-Studio. Es kostete mich damals grosse Überwindung. Ich schämte mich, fühlte mich unwohl und hatte Panik davor, dass mich jemand beim Eintreten in dieses Etablissement beobachten könnte. Heute gehe ich in ihrem Studio ein und aus, als wäre es mein zweites Wohnzimmer. Ob Fessel- oder Rollenspiele, ob mit oder ohne Hilfsmittel, wir würzen unsere Treffen immer wieder mit neuen Szenarien. Oft spiele ich auch Situationen aus meinen aktuellen Fällen nach. Ich geniesse es und der Kick, den ich dabei verspüre, törnt mich in etwa so an wie Majas Titten, die ich immer wieder gerne mit

Nippelklemmen versehe. Nicht nur ich soll leiden, manchmal geniesse ich es auch den dominanten Part zu übernehmen, obschon es eher selten der Fall ist und wenn, dann erst am Schluss. Komme ich spät nach Hause, so muss ich mich beim Duschen immer gut kontrollieren, denn nicht selten komme ich mit blauen Flecken heim. Je nach Platzierung der Schrammen und Flecken wähle ich dann meinen Pyjama aus. Oft schlafe ich auch im Sommer mit einem Langarmshirt.

Meine Frau stellt schon lange keine Fragen mehr. Sie lebt so weit an mir vorbei wie ich an ihr. Am Sonntag zusammen den «Tatort» im Fernsehen schauen ist unsere einzige Partneraktivität. Bereits da beginne ich oft schon wieder nach Maja zu lechzen, nach ihrem straffen Körper, mit dem die Mitte vierzigjährige Domina noch so mancher Zwanzigjährigen Konkurrenz machen kann. Ich sehne mich nach dem Schmerz, ihren Befehlen, danach mich fallen zu lassen, nach ihrem Po, ihren Brüsten und ihrer Vagina. Sie ist meine wöchentliche Sünde, eine Sünde, die mich am Leben hält und mit der ich all meine dunklen Fantasien immer wieder aufs Neue ausleben darf. Jetzt muss ich aufhören zu schreiben, denn in einer Viertelstunde muss ich mit Elsbeth den «Tatort» schauen. Morgen Abend wird es dann gottseidank spät. Unter dem Vorwand von Überstunden besuche ich Maja. Ich freue mich jetzt schon auf sie und das, was wir gegenseitig anstellen werden.

15

Nach rund zwei Stunden und einem kurzen Aufenthalt im Stau trifft das Taxi in Bern vor dem Kursaal ein. Die restliche Fahrt blieb es still. Caruso holt aus ihrer Jackentasche ihre Visitenkarte heraus und streckt sie Speranza entgegen.

«Ich erwarte Sie morgen um zehn Uhr bei mir in der Praxis an der Marktgasse.»

Speranza nimmt die Visitenkarte entgegen. Danach steigen sie beide aus. Der Taxifahrer hilft beim Ausladen der Koffer.

«Ah ja, Herr Speranza, falls Sie mich mal an der Bar im Kursaal antreffen, so habe ich nicht vor Sie zu stalken, aber es ist meine Stammbar und ich bin oft dort am Feierabend.»

Speranza lächelt.

«Da habe ich ja genau das richtige Hotel erwischt», bemerkt er, während er zugleich dem Taxifahrer ein grosszügiges Trinkgeld zusteckt.

«Wie meinen Sie das?», entgegnet Caruso verwirrt.

Speranza schiebt seine Koffer Richtung Eingang des Kursaals.

«Bis morgen, Frau Therapeutin. Ich werde pünktlich sein.»

«Wie meinten Sie das, Sie hätten das richtige Hotel erwischt?», ruft Caruso ihm nach.

Doch es folgt keine Antwort. Während Speranza dem Taxifahrer von Weitem signalisiert, dass er sie nach Hause chauffieren darf, schleicht Tobias Funk um die Ecke. Eine aussergewöhnliche Unterbringung für einen ehemaligen Häftling, muss der Privatdetektiv feststellen. Normalerweise observiert er solche meist in düsteren Vierteln oder irgendwo in einer sozialen Einrichtung. Im Innern des Kursaals angelangt, beobachtet er, wie Speranza direkt auf die Rezeption zugeht, um einzuchecken. Funk ist verblüfft über die Eleganz und Normalität, die sein Zielobjekt ausstrahlt. Meist sind die ehemaligen Straftäter in einem Freiheitsrausch, begeben sich an den nächstgelegenen Bartresen, stossen auf die neugewonnene Freiheit an oder begeben sich gleich direkt ins Bordell, um den jahrelang angestauten Druck abzulassen. Diesmal scheint es anders zu sein. Wieso ihm Mosimann nur spärliche Informationen geben konnte, bleibt dem erfahrenen Detektiv ebenso ein Rätsel wie der Grund, weshalb er überhaupt auf diesen Mann angesetzt wurde.

16

Gabriella Studer liegt zu Hause im Bett neben ihrem Mann. Sein Schnarchen hat sie die halbe Nacht wachgehalten. Der Wecker wird in einer halben Stunde Alarm schlagen. Studer schwelgt unterdessen in einem Wachtraum. Wie schön wäre es jetzt Morgensex zu haben, denkt sie sich, doch als sie ihren Blick zur Seite wirft, zerplatzt dieser Wunschgedanke umgehend, als sie den sabbernden Ehemann neben sich sieht, der sie schon lange nicht mehr attraktiv findet. Auf dem Nachttischchen neben dem Bett beginnt das Smartphone zu vibrieren. Dass Anrufe um diese Zeit nichts Gutes bedeuten, weiss Studer genau. Erst recht nicht, wenn der Anrufer Staatsanwalt Mosimann ist.

Lass es nichts mit dem Fall Valentin Speranza zu tun haben, betet Studer, bevor sie den Anruf entgegennimmt, aus dem Bett steigt und sich ins Badezimmer begibt.

«Ich stehe im Niederdorf in einem Loch von Wohnung», begrüsst Mosimann sie ohne jegliche Begrüssungsfloskel.

«Was ist passiert?»

«Das weiss ich noch nicht, doch so einen schrecklichen Anblick hatte ich schon lange nicht mehr.»

Studer ist irritiert, denn normalerweise ruft Mosimann bei gewöhnlichen Verbrechen nicht um diese Zeit an. Eigentlich ruft er gar nie an und wenn, meist erst dann, wenn der Fall schon ins Rollen gekommen ist und erste Ermittlungsergebnisse vorliegen.

«Und wieso erzählst du mir das, Martin?»

Es folgt eine kurze Pause.

«Du solltest vorbeikommen und es dir anschauen, so schnell wie möglich. Ich lasse dir die Adresse per SMS zukommen.»

Eine Dreiviertelstunde später steht Studer im Niederdorf vor der besagten Adresse. Es wurde in der Umgebung bereits alles grossräumig abgesperrt. Obwohl es noch nicht einmal fünf Uhr morgens ist, sind bereits in allen Wohnungen die Lichter an. Der Wagen der Forensik und ein Ambulanzwagen stehen zwischen den vielen Streifenwagen, was bereits das Schlimmste vermuten lässt. Ein seltsamer, jedoch vertrauter Geruch steigt Studer in die Nase.

«Martin, du solltest dir endlich das Zigarrenrauchen abgewöhnen, es ist nicht nur schädlich, sondern auch nicht mehr zeitgemäss.»

«Glaub mir, Gabriella, lieber verrecke ich an meiner schwarzen Lunge als so wie die beiden da oben in der Wohnung.»

Mit diesen Worten hat Mosimann Studers volle Aufmerksamkeit gewonnen. Sie folgt ihm an einigen Polizisten vorbei, die sie alle mit Namen ansprechen und grüssen. Auch in den Gesichtern der Beamten kann sie erkennen, dass da oben in der Wohnung kein schöner Anblick zu erwarten ist. Als sie im Innern eine alte Holztreppe hinauflaufen, müssen sie in der Mitte einen Halt einlegen. Vor ihnen sitzt ein Polizeibeamter auf der Treppenstufe, der sich gerade intensiv in eine Plastiktüte übergibt. Seine Augen sind rot und der Schweiss läuft ihm in Strömen die Stirn herunter.

«Was zum Teufel ...»

Studer fehlen die Worte. Mosimann bläst ihr den Rauch seiner Cohiba entgegen, nickt und bittet dann den Polizisten, Platz zu machen. Der Beamte rutscht zur Seite und hebt die Tüte erneut an, um auch noch den Rest aus der Galle herauszukotzen. Oben angelangt öffnet ein Forensiker den beiden die Haustür.

«Sie können reingehen», forderte sie der in einen Schutzanzug gehüllte Mann vor ihnen auf.

Studer tritt in den Korridor. Bereits hier sind unzählige Blutspritzer an den Wänden ersichtlich. Studer kennt die Art von Spritzern nur zu gut. Es sind solche, welche sie bereits oft bei Gewaltdelikten zu sehen bekommen hat. Meist in einer Auseinandersetzung entstanden, bei denen Gegenstände oder Schlagwaffen gegen den Kopf eingesetzt worden sind.

«Ein schweres Gewaltdelikt oder Mord?»

Studer versucht vor dem Eintreten ins Wohnzimmers mehr zu erfahren, doch Mosimann schweigt und tritt als erster hinein. Studer folgt ihm. Der Anblick, den sie im Inneren zu Gesicht bekommt, schlägt ihr direkt auf den Magen. Es löst in ihr den gleichen Brechreiz aus, mit dem der Beamte auf den Treppenstufen zu kämpfen hat. Studer senkt den Blick, verschliesst für einen kurzen Moment die Augen, sehnt sich an einen anderen Ort, weit weg von hier, und betet dafür, dass sie noch immer zu Hause in ihrem Bett liegt und der Albtraum bald vorbei ist. Doch als sie ihre Augen öffnet, muss sie es akzeptieren: Es ist die Realität.

«Was in Gottes Namens ist hier passiert und wer um Himmelswillen ist zu so etwas fähig?»

Mosimann schweigt eine Minute, dann beginnt er das Szenario in Worte zu fassen.

«Swetlana Novak ist eine stadtbekannte Prostituierte und Nino Albani seit über zwanzig Jahren ihr Zuhälter. Die beiden sind schon lange ein Gespann und dafür auffällig wenig mit dem Gesetz in Konflikt geraten. Einzelne Meldungen wegen Ruhestörung und einmal eine verbale Auseinandersetzung in einem Nachtclub, mehr liegt gegen die beiden nicht vor. Heute Nacht sollte Rosa, eine andere Prostituierte, die im Gegensatz zu Swetlana, auf der Strasse anschafft, zum Übernachten in die Wohnung kommen. Sie bekam vorgängig von Nino einen Schlüssel. Sie war es dann, die dieses diabolische Szenario hier vorgefunden und umgehend die Polizei gerufen hat.»

Studer schweigt und wartet auf die Fortsetzung, auf die schrecklichen Details, die bisher bereits bekannt geworden sind.

«Nino wurde vorgängig an einen alten Holzstuhl gefesselt. Die Kabelbinder liegen noch neben dem Stuhl. Er wurde massiv geschlagen, gefoltert und anschliessend mit dem Messer drangsaliert. Am Ende schnitt man ihm die Kehle auf und hängte ihn final mit einem

Seil an die Wohnzimmerlampe, wo er wie ein Tier ausbluten musste. Swetlana hingegen wurde kurz und bündig mit einem Kopfschuss hingerichtet. Bei ihr sind keine weiteren Verletzungen bekannt. Sie wurde zuvor weder geschlagen noch gefoltert. Daher gehen wir davon aus, dass Nino das eigentliche Ziel war und Swetlana, naja …, sie war der Kollateralschaden, halt zum falschen Zeitpunkt am falschen Ort.»

Studer beginnt sich im Wohnzimmer umzuschauen, während die Forensiker damit beschäftigt sind, Nino behutsam von dem Galgen zu befreien.

«Und was wollte der Täter oder wollten die Täter von Nino?»

Studer fragt, auch wenn sie genau weiss, dass darauf noch keine Antwort folgen kann.

«Das ist eine gute Frage. Aufgrund der Folterung kann man vorerst davon ausgehen, dass es entweder ein Racheakt war oder um Informationen ging, die man mit allen Mitteln aus ihm rausbekommen wollte.»

«Martin, das kann sein, aber wer macht sowas? Ich meine, es gibt auch andere Arten jemandem sein Innerstes zu entlocken, und zwar, ohne noch Unbeteiligte hinzurichten. Zudem, was kann so ein Quartierzuhälter für Informationen haben, dass jemand so weit geht?»

Mosimann zieht an seiner Zigarre und zuckt dabei mit den Schultern.

«Und wieso wolltest du, dass ich herkomme?»

Mosimann fixiert Studers Augen.

«Erinnert dich dieses Szenario an etwas?»

«An was soll es mich erinnern?»

Studer mag es nicht, wenn man sie auf die Folter spannt.

«Naja, ich meine, gestern wurde er entlassen und noch in derselben Nacht geschieht ein Blutbad.»

«Ach, Martin, Speranza befindet sich in Bern, denkst du wirklich, er wird bereits am ersten Tag rückfällig?»

Mosimann weiss, dass es nicht Speranza sein kann, er hat bereits mit Funk telefoniert und dabei erfahren, dass Speranza den Kursaal die Nacht hindurch nicht verlassen hat. Doch auch wenn er es weiss, so nutzt er die Gelegenheit, um bereits den ersten Verdacht auf ihn zu leiten, denn es ist nur eine Frage der Zeit, davon ist Mosimann überzeugt, bis Speranza wieder rückfällig wird.

«Wollen wir ihn überwachen lassen?», schlägt Studer präventiv vor.

«Nein, nicht nötig, das habe ich bereits veranlasst.»

«Wie bitte?» Studer kann es nicht fassen.

«Ich habe einen Privatdetektiv, ein persönlicher Vertrauter, gebeten, ein Auge auf ihn zu werfen.»

«Du hast was getan?»

Studer hasst es, wenn hinter ihrem Rücken gearbeitet wird.

«Speranza hat den Kursaal gestern nicht verlassen.»

«Ach ja? Und trotzdem versuchst du, ihn mir als Verdächtigen schmackhaft zu machen?»

Studers trotziger Unterton ist nicht zu überhören.

«Naja, er muss es ja nicht selbst gewesen sein. Es könnte auch im Auftrag geschehen sein.»

«Ach, Martin, jetzt gehst du zu weit. Es ist schrecklich, was hier geschehen ist, und wir müssen alles daran setzen den Fall so rasch wie möglich zu lösen. Die Presse wird davon schon heute Morgen Wind bekommen und demnach müssen wir uns auf viele unangenehme Fragen einstellen.»

Mosimann nickt. Er weiss, dass seine These weithergeholt ist, und doch will er den Gedanken nicht ganz in der Schublade des Absurden verstauen. Nun gilt es jedoch so rasch wie möglich Ermittlungsergebnisse zu erzielen. Mosimann weiss auch schon, wo er mehr über diese Swetlana und Nino erfahren kann. Es kommt ihm gerade gelegen dort hinzugehen, denn Maja erwartet ihn heute Abend sowieso.

17

Tagebucheintrag Tobias Funk: *Ich weiss nicht, wie es angefangen hat, doch ich komme nicht mehr davon los. Auch diese Woche ist das Verlangen wieder besonders intensiv. Ich greife sie an, fessle sie, stecke ihr einen Socken in den Mund, reite die achtzehnjährige Japanerin im Schulmädchen-Outfit wie ein wilder Stier.*

Einen Tag später gehe ich durch den Wald. Die Joggerin wird an den Baum gefesselt, geknebelt und danach muss sie mir zusehen. Es törnt mich an und ich weiss, dass es nicht normal ist. Mittlerweile lebe ich diese Fantasien seit Monaten aus. Wieso ich noch nicht erwischt wurde? Weil ich es nicht real, sondern in der virtuellen Welt begehe. Ich habe mich im Darknet einer Chatcommunity angeschlossen, bei der man seinen eigenen Avatar erstellen und dann all seine Fantasien mit anderen ausleben kann. Zuerst habe ich normale Kontakte gesucht, mir waren solche Praktiken fern, doch dann habe ich das mir Fremde ausprobiert und seither komme ich nicht mehr davon los. Es erregt mich und ich masturbiere mittlerweile mehrmals am Tag vor meinem Laptop. Die Frauen in der Realität interessieren mich seither nicht mehr. Meinen Account auf Tinder habe ich gelöscht und auf die Whatsapp-Nachrichten von Verflossenen antworte ich nicht mehr.

Ich schade niemandem und doch weiss ich, dass mir diese Sucht schadet. Ich funktioniere nicht mehr richtig. Gerade letzte Nacht war es wieder besonders intensiv, dieses Verlangen. Das Verlangen mich in die Onlinewelt zu begeben und meine Fantasie auszuleben. Ich war bei der Arbeit. Eine simple Beschattung in Bern. Ich platzierte mich vor dem Kursaal mit einer warmen Winterjacke, rauchte eine Zigarette nach der anderen. Mein Wagen war nur zwei Gehminuten entfernt parkiert. Einige hübsche Frauen verliessen den Kursaal, wahrscheinlich haben sie sich zuvor im Casino vergnügt. Sie waren alle top gestylt. Miniröcke, enge Jeans, hohe Schuhe, viel Schminke und sehr viel Ausschnitt. Irgendwann hielt ich es nicht mehr aus. Mal kurz Pause machen.

Der Typ, den ich beschatten musste, war ein ehemaliger Strafgefangener. Der genoss wahrscheinlich gerade das Zocken im Casino, bestellte sich eventuell eine Nutte aufs Zimmer oder ging bereits nach ein paar Drinks früh schlafen. Und dass er genau in meiner Pause den Kursaal verlassen würde, dafür stand die Chance eins zu hunderttausend. So begab ich mich zu meinem Wagen.

Ich platzierte mich auf den Hintersitzen, wo ich mich dank der getönten Scheiben sicher fühlte. Ich nahm meinen Laptop hervor und tauchte in meinen Darknet-Chat ein. Einige Gleichgesinnte waren bereits online. Mit meinem Avatar zog ich durch die düsteren Gassen einer virtuellen Grossstadt. Einige User spielten die Rolle der Opfer und einige die der Täter. Die Subs liebten es, in der Rolle der Opfer zu sein, und die Doms warteten nur darauf, dass sich ein neuer Sub einloggte. Bereits nach wenigen Minuten traf ich in einer Seitengasse auf einen Sub. Es ging zur Sache, *nicht nur online, sondern auch auf dem Rücksitz meines BMW. Ich spielte an mir herum und vergass dabei die Zeit. Rund eine Stunde bin ich abgetaucht. Mit einem Taschentuch wischte ich mein Glied sauber, während bereits das schlechte Gewissen aufkam, ich hatte doch eigentlich eine Mission zu erfüllen. Also eilte ich zurück zum Kursaal und betete dafür, nichts verpasst zu haben.*

Mitten in der Nacht rief mich dann mein Arbeitgeber an. Er klang sehr ernst und wollte wissen, ob die Zielperson unterwegs war respektive ob sie den Kursaal verlassen hätte. Ich verneinte, ohne mir sicher zu sein. Ja, was hätte ich denn tun sollen? Ich konnte die Wahrheit nicht sagen, dann hätte ich mir nicht nur lukrative Aufträge versaut, sondern mich auch noch in Schwierigkeiten gebracht und meinen Ruf ruiniert. Nun bete ich dafür, dass meine Unachtsamkeit keine Folgen hat und dieser verdammte Mistkerl den Kursaal nicht verlassen hat.

18

Speranza schlendert in seinem dunklen Wintermantel die Marktgasse entlang. Die Hausnummer 38 liegt nur noch wenige Gehminuten entfernt. Tobias Funk folgt ihm zu Fuss mit sicherem Abstand. Er jubelte eine Viertelstunde zuvor beinahe laut, als Speranza am Morgen den Kursaal verliess, auch wenn er wusste, dass das noch nicht hiess, dass Speranza wirklich die ganze Nacht dort verbracht hat, doch es erhöhte zumindest die Wahrscheinlichkeit und das reichte Funk aktuell bereits vollkommen aus. Speranza bleibt vor einem Schaufenster stehen. Er wirft einen Blick auf die darin ausgestellten Uhren. Es ist ein edles Geschäft. Lauter Rolex, Breitling und Rados werden darin angeboten. Er verliert jedoch rasch das Interesse und läuft weiter. Vor einem Hauseingang bleibt er abrupt stehen. Funk wechselt die Strassenseite, um das Schild über dem Eingang zu erkennen. Doch die Distanz ist zu gross und die Schrift zu klein. Der Beschatter holt sein Smartphone hervor, um die Adresse zu googeln, wobei ihm eine eingeblendete Nachricht seiner «Blick»-App ins Auge sticht: *Blutbad im Zürcher Niederdorf. Von der Täterschaft fehlt jede Spur.*

Die Schlagzeile reizt Funk, doch er öffnet Google Maps und tippt die Adresse der anderen Strassenseite ein. Das Ergebnis ist die Praxis einer Psychiaterin. Funk beruhigt sich. Das wird wohl eine Weisung von der Justiz sein und somit wird Speranza nun mindestens eine Stunde dort verweilen, sodass auch Funk sich einige Minuten Zeit nehmen kann, um eine Toilette aufzusuchen und sich etwas zu trinken zu holen. Speranza betritt unterdessen das Gebäude und steigt die Treppe hinauf in die Praxis von Jennifer Caruso. «Bitte läuten, dann eintreten» steht auf einem goldenen Schild an der alten Holztür. Nach dem Klingeln tritt er über die Schwelle, wo er im Warteraum Platz nimmt. Neben ihm liegt die Tageszeitung, zuoberst der «Blick», dessen Titelseite ihm umgehend ins Auge sticht. Gerade als er nach der Zeitung greifen will, tritt Caruso ein.

«Guten Morgen, Herr Speranza. Na, wie haben Sie die erste Nacht als freier Mann geschlafen?»

«Geschlafen habe ich auch als eingesperrter Mann nie schlecht, zu meinem Glück bin ich seit jeher von Träumen verschont geblieben und das Alter, indem sich meine Blase regelmässig meldet, habe ich auch noch nicht erreicht.»

Caruso ist zuerst irritiert, doch dann erkennt sie den Versuch Speranzas, humorvoll zu sein. Sie schenkt ihm ein scheues Lächeln und bittet ihn in den Praxisraum. Im Innern stehen zwei Stühle bereit, in der Mitte ein kleiner Salontisch, mit Taschentüchern, einer kleinen Zierpflanze und einer Kerze belegt. Speranza zieht seinen Mantel aus, hängt ihn an die Garderobe an der Wand, danach nimmt er auf einem der beiden Stühle Platz.

«Nett haben Sie es hier», versucht Speranza das Gespräch einzuleiten, während sich Caruso noch ihren Notizblock und einen Kugelschreiber vom Schreibtisch holt.

«Wie ich den Akten entnommen habe, ist das hier ihre erste Therapie?»

Caruso versucht, nach Usus zu starten.

«Ja, das ist richtig.»

«Es ist ungewöhnlich, dass jemand wie Sie …»

«Jemand wie ich?»

Caruso ringt mit den richtigen Worten.

«Jemand wie Sie, der so viel durchgemacht hat und so lange in Haft war, hat gewöhnlich bereits eine lange Therapiezeit hinter sich.»

«Sie meinen jemand wie ich, der angeblich ein Blutbad angerichtet hat?»

Caruso erstarrt. Ist sie dabei in eine Falle zu tappen? Sie ist unsicher, was sie überhaupt nicht kennt.

«Nein, Herr Speranza, es geht mir nicht primär um die Delikte, welche Sie begangen haben. Menschen, die viel durchgemacht haben, ob als Opfer oder als Täter, müssen vieles verarbeiten. Ich bin keine Richterin und will es auch nicht sein. Ich dränge Sie auch nicht dazu über ihre Taten zu sprechen, da es im Übrigen auch nicht mein Auftrag ist. Sollten Sie jedoch das Bedürfnis verspüren, so bin ich für Sie da.»

Speranza lächelt.

«Und was bedrückt Sie so intensiv, dass Sie sich nicht trauen es selbst zu verarbeiten?»

Carusos Blick erstarrt. Sie erinnert sich an den Deal: Ich stelle dir eine Frage und du mir eine. Normalerweise würde sich Caruso nie auf so etwas einlassen, doch in diesem unkonventionellen Fall scheint es ihr die einzige Möglichkeit, eventuell doch noch beim Gegenüber durchdringen zu können.

«Ich habe wirklich etwas sehr Schreckliches erlebt, aber auch ich bin noch nicht bereit darüber zu reden, so wie auch Sie.»

Speranza begnügt sich vorerst mit der Antwort und signalisiert bereit zu sein für die nächste Frage.

«Wie fühlt es sich an?»

«Wie fühlt sich was an?»

«Wieder in der Freiheit zu sein, morgens in einem Berner Hotelbett zu erwachen, dann durch die Marktgasse zu schlendern, einen Termin wahrzunehmen.»

Speranza wartet einen Moment ab. Es wirkt auf Caruso, als ob er sich der Antwort selbst noch nicht sicher sei.

«Ehrlich gesagt verstehe ich vieles noch nicht. Überall hängen Bildschirme an der Decke, wo ich hinschaue, sind Gesichter hinter Smartphones versteckt, die Ohren zusätzlich mit Kopfhörern isoliert. Man grüsst ins Leere, man blickt ins Leere und obwohl man in Freiheit ist, unter Millionen von Menschen, fühlt es sich irgendwie einsam an.»

Den letzten Satz spricht Speranza leise aus. Caruso ist überrascht, mit so einer Antwort hat sie nicht gerechnet. Einsam. Dieses Wort. Ein Wort, das sie nur zu gut kennt. Auch sie weiss, was Einsamkeit bedeutet.

«Und Sie, Frau Caruso, fühlen Sie sich auch einsam?»

«Ich kenne die Einsamkeit.»

Caruso nickt.

«Haben Sie wirklich keine Angehörigen? In den Akten steht, dass Sie nicht einen einzigen Besuch hatten während achtzehn Jahren Haft.»

«Nein, ich habe niemanden.»

«Gar niemanden?»

«Es gibt eine Nichte. Sie heisst Clarissa. Mein zehn Jahre älterer Bruder ist früh gestorben. Wir hatten vor seinem Tod schon Jahre zuvor keinen Kontakt mehr. Das letzte, was ich mitbekommen habe, ist, dass er eine Tochter hat. Sie müsste heute ...» Speranza beginnt zu rechnen. «... Sie müsste etwa Anfang zwanzig sein.»

Caruso macht sich Notizen, zugleich ist sie über die Offenheit Speranzas überrascht. In achtzehn Jahren Haft hat man nichts über diesen Mann herausgefunden und bei der ersten Sitzung erfährt Caruso bereits von einer angeblichen Nichte.

«Wir werden die heutige Sitzung verkürzt führen. Was halten Sie davon, wenn wir die nächste Sitzung draussen irgendwo im Freien abhalten? Ich glaube, Sie haben genug Zeit hinter geschlossenen Türen verbracht, oder?»

Speranza blickt zur Seite zum Fenster hinaus. Es ist wahr, denkt er. Es ist für ihn schon ungewöhnlich ein Fenster ohne Gitter zu sehen. Wie lange hat er sich danach gesehnt, auch wenn er es nie ausgesprochen hätte.

«Das ist eine gute Idee.»

Caruso erhebt sich und streckt Speranza ihre Hand entgegen.

«Dann sehen wir uns morgen um zehn Uhr, oben beim Rosengarten. Nun wünsche ich Ihnen einen sonnigen Tag in der Freiheit.»

Speranza zieht sich seinen Mantel über, vor dem Ausgang bleibt er nochmals stehen und dreht sich um.

«Heute Abend werde ich mal die Bar im Kursaal ausprobieren, vielleicht sieht man sich?»

Caruso kann es nicht fassen. Hat sie ihr Patient gerade indirekt um ein Date gebeten?

«Ähm, … ich glaube das ist keine gute Idee, Herr Speranza. Sie werden bestimmt bald neue Leute kennenlernen und nicht mehr allein sein.»

«Es geht mir nicht um Gesellschaft, ich mag es, mit Ihnen zusammen zu sein.»

Ohne Caruso die Möglichkeit auf eine Reaktion zu geben, verlässt er die Praxis. Draussen angelangt knöpft sich Speranza den Mantel zu. Spontan entschliesst er sich für einen Spaziergang durch die Altstadt. Funk, der sich gerade einen Ice Tea und einen Schokoriegel gegönnt hat, hängt sich direkt an sein Zielobjekt.

19

Mosimann besprüht sich in seinem Lexus mit Billigparfüm. Maja mag es nicht, wenn er zu sehr nach Rauch riecht. Auch wenn er die Bestrafung deswegen liebt, so will er sie nicht beim Hereintreten provozieren, denn heute ist er nur halbprivat zu Gast. Seine Domina ist mittlerweile nicht nur eine gute Freundin geworden, sondern auch eine immer wieder wertvolle Informantin, die ihn regelmässig über das Neuste aus dem Rotlichtmilieu informiert.

Draussen wird es bereits dunkel. Mosimann richtet sich mit Hilfe des Rückspiegels die Frisur zurecht, dann steigt er aus und läuft die rund hundert Meter vom

Parkplatz zum Sadomaso-Studio hinüber. Maja hat ihn bereits vom Fenster aus erblickt. Er braucht nicht zu klingeln, sie öffnet ihm bereits die Tür.

«Martin, schön dich zu sehen.»

Mosimann tritt herein, lässt die Tür hinter sich ins Schloss fallen und nähert sich Maja, bis sein Gesicht nur noch wenige Zentimeter von ihrem entfernt ist.

«Hallo, Babe.»

Seine Hand betatscht ihren Hintern. Er liebt es, wenn sie ihre hautengen Latexhosen trägt. Maja schenkt ihm einen Kuss. Sie umarmt den Staatsanwalt und streichelt ihm dabei sanft über den Rücken. Mosimann blickt nach unten in ihren Ausschnitt. Ihre Brüste sind prall wie eh und je. Er kann es nicht erwarten sein Gesicht dazwischen zu pressen. Maja löst die Umarmung und begibt sich ins Spielzimmer. In der Ecke greift sie sich die schwarze Lederpeitsche, dann dreht sie sich zu ihrem Gast um.

«Nun ist aber fertig mit dem Liebkosen. Jetzt ist es Zeit, dich wieder mal ernsthaft zu bestrafen.»

«Nein, Maja, zuerst müssen wir reden.»

Mosimann spricht mit deutlich klarer Stimme, wie er es auch gerne vor Gericht macht.

«Du wagst es, mir zu widersprechen?»

Maja lässt die Peitsche zischen.

«Maja, ich meine es ernst. Es geht um etwas Berufliches. Ich brauche deine Hilfe in einem Fall.»

Majas Blick wandelt sich. Sie lässt ihre Domina-Maske fallen und schenkt Mosimann ein liebevolles Lächeln. Sie legt die Peitsche zur Seite und läuft in den zweiten Raum, wo sich ein kleiner Tisch, einige Klappstühle und eine Kaffeemaschine befinden.

«Wie gewohnt mit zwei Stück Zucker und Milch?»

«Ja, gerne.»

Mosimann nimmt Platz. Während Maja die Kaffeemaschine bedient, mustert er ihren Po. Wie gerne würde er nun über sie herfallen, sie von oben bis unten abküssen, sich von ihr bestrafen lassen und sie am Ende von hinten durchvögeln. Doch nein, Mosimann weiss, der Fall hat Vorrang.

«Wie kann ich dir helfen?»

Maja stellt die Tassen auf den kleinen Küchentisch und nimmt neben dem Staatsanwalt Platz.

«Gestern Nacht hat sich im Niederdorf ein schrecklicher Vorfall ereignet. Eine Prostituierte und ihr Zuhälter wurden brutal hingerichtet. Du wirst es höchstwahrscheinlich morgen in der Presse lesen.»

Majas Blick verrät ihm, dass ihr diese Information Sorgen bereitet. Wie selbstsicher sie als Domina auch ist, ihre grösste Angst ist es seit Jahren, dass einer ihrer Freier einmal zu weit geht, er das Safeword ignoriert und sie irgendwann auch auf dem Seziertisch der Forensik landet. Diese Angst wird nie weggehen, sie ist in dieser Branche verankert wie ein Anker-Tattoo auf dem Arm eines Seemanns.

«Und wer sind die Opfer?»

«Eine gewisse Swetlana Novak und ein Nino Albani.»

An Majas Gesichtsausdruck erkennt Mosimann, dass ihr die beiden Namen durchaus bekannt sind.

«Nino!»

Während sie seinen Namen ausspricht, läuft ihr eine Träne über die Wange.

«Du hast ihn gekannt?»

«Ja ... wer nicht im Rotlichtmilieu! Nino war einer der wenigen Zuhälter, der mit seinen Prostituierten fair umging. Ich verdanke ihm auch mein Studio hier. Als ich mich selbstständig machen wollte, war ich vielen im Rotlichtmilieu ein Dorn im Auge. Nino war es dann, der mir zu diesem Studio verholfen und auch einen Startkredit gewährt hat.»

Mosimann ist überrascht, er hat nicht damit gerechnet, dass Maja ihn so gut kannte.

«Wie wurde er hingerichtet?»

Maja fordert Einzelheiten. Mosimann überlegt einen Moment, dann entschliesst er sich ihr die grausamen Details preiszugeben. Maja beginnt zu weinen. Es ist das erste Mal in all den Jahren, in denen Mosimann sie schwach erlebt.

«Hast du eine Ahnung, wer dahinterstecken könnte?»

Maja erhebt sich, läuft zur Küchentheke, dann öffnet sie eine Schublade. Sie entnimmt ihr eine kleine Dose und begibt sich zurück zum Küchentisch.

«Entschuldige, Martin, aber ich muss kurz …»

«Schon gut», unterbricht er sie, wissend, was nun folgen wird.

Sie öffnet behutsam die Schatulle, teilt das weisse Pulver in zwei Linien. Anschliessend zieht sie sich die eine mit dem linken und die andere mit dem rechten Nasenloch hoch. Mosimann verspürt Mitleid mit seiner Domina. Maja bietet ihrem Gegenüber ebenfalls vom Koks an.

«Nein danke, heute nicht.»

Mosimann will bei klarem Verstand bleiben. Als Staatsanwalt ist es alles andere als gewöhnlich, Kokain zu konsumieren, und doch hat er sich bereits das eine oder andere Mal eine Linie gegönnt. Maja hat ihn auf den Geschmack gebracht. Nirgendwo anders würde er jemals konsumieren geschweige denn von irgendwem anderem etwas annehmen. Man stelle sich nur vor, was geschehen würde, wenn so etwas publik würde. Einer der strengsten Staatsanwälte des Landes, der unzählige Drogendealer mit Höchststrafen hinter Gittern gebracht hat, konsumiert selbst ab und zu von dem weissen Pulver.

«Nino war beliebt», beginnt Maja zu antworten. «Ich kann mir nicht vorstellen, dass es etwas mit seiner Arbeit zu tun hatte. Doch wer weiss, jeder von uns hat irgendwelche Leichen im Keller, die einen früher oder später einholen. Vielleicht hat es etwas mit seiner oder der Vergangenheit dieser Swetlana zu tun, wer weiss. Oder es war ein Eifersuchtsdelikt, irgendein Freier hat sich in Swetlana verliebt und den Gedanken nicht mehr ertragen, dass sie auch mit anderen bumst. Wäre nicht das erste Mal, dass aus diesem Grund eine aus dem Gewerbe hingerichtet wird. Und in diesem Fall musste eventuell auch der Zuhälter dran glauben. Vielleicht sah der eifersüchtige Freier ihn als Grund dafür, dass Swetlana im Sumpf steckte ...»

«... und so liess er seine Wut doppelt am Zuhälter raus», beendet Mosimann den Satz.

«Ja, genau.»

Mosimann leuchtet diese These ein. Maja wischt sich unterdessen die Augen trocken.

«Wollen wir?», schlägt sie vor und gestiert dabei mit dem Kopf in Richtung Spielzimmer.

«Ja, klar!»

Mosimann erhebt sich. Er holt das Smartphone aus seiner Tasche und tippt eine WhatsApp an seine Frau: *Die Sitzung dauert länger. Ich komme erst spät nach Hause. Warte nicht mit dem Essen.* Kaum eingetippt, schaltet Mosimann den Flugmodus ein, während sich Maja im Spielzimmer ihre Latexmaske aufsetzt. Kaum tritt der Staatsanwalt über die Schwelle, wird er von ihrem stechenden Blick getroffen.

«So, Herr Staatsanwalt, jetzt kommen wir zu Ihnen. Mach deinen Oberkörper frei und knie dich auf den Boden.»

«Ja Herrin, sofort.»

Maja lässt die Peitsche zischen.

«Sofort ist nicht schnell genug!»

20

Tagebucheintrag eines Unbekannten: *Ich verspürte keinen Moment lang Zweifel, geschweige denn Reue. Auch wenn es lange her ist, seit ich das letzte Mal jemanden gequält und ermordet habe. Gewisse Dinge verlernt man im Leben nicht. Auch diesmal verlief alles nach Plan. Um hereinzugelangen, habe ich über ein Prepaid-Handy einen Termin vereinbart. Somit wurde mir die Tür geöffnet und Einlass gewährt.*

Ich hasse diese Art von Frauen, wie sie da vor mir stand. Dieser Billiglook, mit denen sie versuchen ihre Titten und ihren Arsch praller wirken zu lassen. Dann der übertriebene Lippenstift, der eher Zirkus- als Erotik-

stimmung bei mir aufkommen lässt. Sie fragte mich direkt, wie lange ich vor habe zu bleiben, gefolgt von den Preisen. Hundert für eine halbe Stunde, zweihundert für eine Stunde. Blasen ohne Kondom würde extra kosten, ebenso Analverkehr oder Rollenspiele. Ihr Zuhälter sass im Raum nebenan, er war noch von der alten Schule und meistens persönlich vor Ort. Erfreulicherweise befanden sich keine Kameras vor oder in den Räumlichkeiten.

Ich streckte der Nutte einen Hunderter hin. Sie lief durch eine Tür in den Nachbarraum, informierte ihren Zuhälter über die Dauer und händigte ihm das Geld aus. Unterdessen lief ich in das kleine Badezimmer, wo ich den Schalldämpfer auf meine Waffe schraubte. Danach steckte ich die Knarre hinten in die Hose. Ich musste vorsichtig sein beim Rausziehen, da die Waffe durch den Schalldämpfer um einiges länger war. Die Nutte stand bereits im Raum mit dem Rücken gegen mich gerichtet. Sie war gerade damit beschäftigt, sich das Oberteil auszuziehen. Ich holte die Waffe hervor und bat sie, sich umzudrehen. Mein Finger zuckte, worauf auch die Nutte ein letztes Mal zuckte, bevor sie mit dem Loch im Kopf zu Boden sank. Hilfreich war die Musik im Hintergrund, die sie bereits bei meiner Ankunft aufgedreht hatte, sodass ihr Fall auf den Boden glücklicherweise im Nebenraum nicht zu hören war. Ich liess sie auf dem Boden liegen, danach öffnete ich die Tür zum Nebenraum. Nino, ihr Zuhälter, hockte zwischen Zigarettenqualm vor einem Computer und trug einen Kopfhörer. Sein Blick fixierte den Bildschirm, auf dem er gerade die Sexwebsite eines Konkurrenten unter die Lupe nahm. Ich platzierte den Lauf des Schalldämpfers an seinem Hinterkopf. Nino verstand sofort. Es war bestimmt nicht der erste Lauf einer Waffe, der auf ihn gerichtet war. Ich riss ihm die Kopfhörer runter, machte einen Schritt zurück, dann befahl ich ihm aufzustehen und sich umzudrehen. Bereits sein Gesichtsausdruck brachte mich in Rage, er steigerte die sonst schon angestaute Wut in mir. Ich lotste ihn mit der Waffe in den Hauptraum, wo ich ihm befahl sich die linke Hand selbst an den Stuhl zu fesseln. Die Kabelbinder dafür schmiss ich ihm auf den Boden. Danach verpasste ich ihm einen Schlag und fesselte die rechte Hand an der zweiten Stuhllehne. Nun hatte ich den Mistkerl dort, wo ich ihn haben wollte. Es brauchte nur wenige Folterpraktiken und einige Minuten, bis ich alle Informationen hatte, weswegen ich hier war. Zum Schluss liess ich meiner angestauten Wut freien Lauf. Der Anblick, bevor ich das private Etablissement verliess, stimmte mich zufrieden. Die Schlampe lag reglos am Boden, ihr Zuhälter baumelte am Galgen und blutete aus, so wie er es verdient hatte.

Meine Arbeit war getan. Nach all den Jahren verspürte ich erstmals eine gewisse Erleichterung. Nun steht noch ein weiterer Mord bevor, danach bin ich am Ziel meiner persönlichen Rache. Dann heisst es endlich ein normales Leben beginnen und die Vergangenheit für immer ruhen lassen. Wenn ich weitermorde, dann höchstens um anderen zu helfen, indem ich weitere schmutzige Menschen entsorge. Auf dem Nachhauseweg musste ich plötzlich lachen, als ich an meine Psychiaterin dachte. Was sagte sie nochmal? Darüber reden sei die beste Verarbeitungsvariante. Ach, so ein Bullshit, einzig die Rache ist es, die mich befriedigt. Wieso die Bestie in mir zähmen, wenn sie mir doch so viel Genugtuung verschaffen kann?

21

Caruso ist erschöpft, der heutige Tag ist kräfteraubend verlaufen. Der Termin mit Speranza war noch der einfachste und angenehmste. Kaum war die Sitzung mit ihm vorbei, kam Elisabeth Müller, die seit dem Tod ihres Mannes vermehrt den Wunsch verspürt, trotz ihres eigentlich hervorragenden Gesundheitszustandes zu sterben. Die Depression ist weit fortgeschritten und es dauert nicht mehr lange, bis Caruso ihr eine stationäre Therapie irgendwo in einer Psychiatrie empfehlen wird.

Am Nachmittag kam Mike Koller, ein ehemaliger Junkie, der ständig im Leben aneckte, obschon er alles dafür gab, sich zu integrieren. Seine Vergangenheit bescherte ihm immer wieder Stolpersteine. Eine Sitzung dauerte länger als die andere und somit waren die Pausen am heutigen Tag rar.

Caruso sehnt sich nach einem Drink an der Bar im Kursaal, doch befürchtet sie, dort auf Speranza zu treffen, der ihr Erscheinen eventuell falsch auffassen, quasi als Zustimmung zu einem privaten Treffen deuten könnte. Nach reiflicher Überlegung entscheidet sie sich, es trotzdem zu wagen. Ob Speranza wirklich dort verweilt, ist unklar und sollte das doch der Fall sein, so würde sie sich mit ihm unterhalten, rein professionell und den Abend nutzen, um sein Vertrauen zu gewinnen. Die Zürcher Justizdirektorin verlangte ja eine unkonventionelle Therapie und somit könnte man ihr im Nachhinein auch nichts vorwerfen.

Caruso giesst die Zimmerpflanzen, räumt ihre Unterlagen auf dem Schreibtisch zusammen und zieht sich ihre Jacke an. Unterdessen sitzt Funk in der Bar des Kursaals. Er beobachtet von einem der hinteren Tische her unauffällig Speranza, der seit einer Stunde an der Bar vor einem Glas Wein sitzt, vertieft in ein Buch, das er sich bei seinem Nachmittagsspaziergang in der Buchhandlung Stauffacher gekauft hat. Funk hat noch selten eine so langweilige Beschattungsmission erlebt und mit jeder weiteren Stunde fragt er sich neu, weshalb die Zielperson überhaupt so sehr im Fokus der Justiz steht. Auf ihn wirkt Speranza wie ein Mann, der seine Strafe abgesessen hat und nun versucht, sich in gemächlicher Ruhe zurück in die Gesellschaft zu begeben. Er scheint die Haftstrafe unbeschadet überstanden zu haben und was auch immer er verbrochen hat, verarbeitet und weit zurückgelassen zu haben.

Funk nippt an seinem Cappuccino und taucht mit seinem Blick in die perverse Onlinewelt auf dem Laptop vor sich. Es ist riskant von hier aus im Darknet zu surfen, doch sind nur wenige Gäste anwesend und daher nutzt der Privatdetektiv den Moment, seine privaten Gelüste nebenbei zu stillen. Während er mit seinem Avatar in der Onlinewelt Ausschau nach einer Sub hält, betritt Caruso die Bar. Kaum eingetreten, bleibt sie einen Moment stehen. Ihre Befürchtung bewahrheitet sich: Da sitzt er tatsächlich seelenruhig am Tresen in ein

Buch vertieft. Sie begibt sich zu ihm hinüber und begrüsst ihn freundlich.

«Also, eines will ich klarstellen: Ich wäre sowieso heute hierhergekommen, es hat nichts mit Ihrer Einladung zu tun», rechtfertigt sich die Psychiaterin.

Speranza lächelt, platziert das Lesezeichen auf die rechte Seite und schliesst das Buch. Er legt es zur Seite und bittet Caruso neben ihm Platz zu nehmen.

«Was trinken Sie?»

«Gin Tonic.»

«Kann man das trinken?», fragt Speranza zu Carusos Verwunderung, sodass sie sich fragt, ob ihr Gegenüber wirklich noch nie einen Gin Tonic getrunken hat.

«Zwei Gin Tonics», bestellt sie beim Barkeeper, um die Frage in flüssiger Form zu beantworten.

Funk hat die Frau neben Speranza aus Distanz wahrgenommen. Endlich mal Menschenkontakt, denkt er, während er versucht Caruso von Weitem zu mustern. Der Bildschirm des Laptops beginnt zu blinken. Verdammt, denkt sich Funk, genau jetzt trifft er mit seinem Avatar auf eine Sub. Erneut wirft er einen Blick zu

Speranza, der gerade nach Jahren seinen ersten Flirt zu wagen scheint. Funk entschliesst sich ihm Privatsphäre zu gönnen. Er senkt seinen Blick und beginnt in aller Öffentlichkeit und doch versteckt, seine perversen Fantasien auszuleben.

«Was lesen Sie da?», erkundigt sich Caruso interessiert, während der Barkeeper die Drinks vorbereitet.

«Ein Buch von Yoval Noah Harari, einem israelischen Schriftsteller mit ganz interessanten Ansichten.»

«Ja, den kenne ich, besonders seine Ansicht zur Atombombe finde ich interessant», gesteht Caruso.

«Und wie lautet die?», so Speranza sichtlich interessiert.

«Ist die Erfindung der Atombombe etwas Gutes oder Schlechtes?», kontert Caruso mit einer Gegenfrage.

Speranza lässt sich nichts anmerken, doch fürchtet er gerade in eine Falle zu tappen, daher entscheidet er sich für ein simples Achselzucken.

«Es ist etwas sehr Gutes», erklärt Caruso, während der Barkeeper die Gin Tonics auf den Tresen stellt.

Sie greift sich ihr Glas und hebt es an, um mit Speranza anzustossen.

«Zum Wohl. Auf Ihre neugewonnene Freiheit!»

Die beiden prosten sich zu.

«Und warum?»

«Warum was?»

«Warum soll die Erfindung der Atombombe etwas Gutes sein?»

Volltreffer, denkt Caruso, sie hat es schafft sein Interesse zu wecken.

«Man spricht immer nur davon, wie viele Tote eine Atombombe verursachen kann, doch niemals davon wie viele Tote sie in den letzten Jahrzehnten verhindert hat. Vor der Erfindung der Atombombe führten wir Kriege, bei denen hunderttausende Bürgerinnen und Bürger auf dem Schlachtfeld gegeneinander kämpften. Mehrere zehntausende Menschen verreckten auf elende Art und mehrere zehntausende Menschen hatten für den Rest ihres Lebens einen Schaden. Seit die Grossmächte alle über ihre Atombombe verfügen und somit über die Möglichkeit, mit einem Knopfdruck das andere Land auszuknipsen, wurden die Kriege mehrheitlich auf die politische Ebene verlagert. Man muss nicht mehr hunderttausenden von Soldaten ins Feld schicken und unzählige Gräber schaufeln, wenn man über die Möglichkeit eines Atomschlags verfügt. Die grossen Länder setzen sich zum Wohle der Menschheit mit der Atombombe gegenseitig schachmatt. Wenn der eine drücken würde, täte es der andere auch. Keiner gewinnt.»

Speranza wird nachdenklich.

«So habe ich das wirklich noch nie gesehen, das muss ich zugeben.»

«Naja, genau so hat es Harari auch nicht formuliert, ich habe es nun ein wenig ausgeschmückt, doch ...»

«Sie haben es mir sehr gut erklärt. Ich habe soeben etwas Wertvolles gelernt. Danke.»

«Und?»

«Und was?»

«Wie schmeckt Ihnen der Gin Tonic?»

Speranza lächelt.

«Gar nicht so übel.»

Nun lächelt auch Caruso, wobei ihr erstmals auffällt, wie schön seine Augen sind. Ein so klares Grün, wie das Tor in eine andere Welt. Sie muss aufpassen, dass sie nicht zu lange hineinblickt, denn es sind Augen, bei denen sie unter anderen Umständen schwach werden könnte.

«Und was bin ich für Sie?», unterbricht Speranza den kurzen Moment der Stille.

«Wie meinen Sie das?»

«Bin ich gut oder schlecht?»

Caruso nippt an ihrem Drink, stellt ihn behutsam zurück auf den Tresen, danach blickt sie in das grüne Tor, hinein in eine andere Welt, während sie, sie weiss nicht warum, mit ihrem Barhocker näher an den seinen rutscht.

«Wer bin ich, um das zu beurteilen? Was ist schon gut und was schlecht? Das ist alles eine Sache der subjektiven Wahrnehmung. Für einige können Sie schlecht sein, aber für andere gut.»

«Und was bin ich für Sie persönlich?», hakt Speranza nach.

«Für mich sind Sie interessant.»

«Ach ja?»

«Ja.»

Speranza weist den Kellner an, eine weitere Runde vorzubereiten. Caruso befürchtet, dass das Gespräch immer mehr zum Flirt mutiert, doch irgendwie, sie weiss einmal mehr nicht warum, stört es sie nicht. Der Typ neben ihr hat achtzehn Jahre lang keinen Flirt mehr geniessen dürfen, ausser vielleicht mal mit einer Aufseherin, wenn überhaupt. Sie will ihm den Spass gönnen und wer weiss, vielleicht kann sie so noch rascher in seine Psyche eintauchen als jemals jemand zuvor.

«Sie sind ein aussergewöhnlicher Mann, das ist nicht gelogen», rutscht es aus ihr heraus.

Sie verspürte gerade den Drang es laut auszusprechen.

22

Tagebucheintrag Jennifer Caruso: *Ich erinnere mich an unser erstes Treffen ausserhalb der Praxis an der Bar im Kursaal. Ich gebe zu, dass es mir im Vorhinein schon bewusst war, ihn höchstwahrscheinlich dort am Tresen anzutreffen. Wieso ich damals trotzdem hingegangen bin, ich weiss es nicht, doch bereue ich es auch heute nicht, auch nach all dem, was danach geschehen ist.*

Unser Gespräch begann mit einem simplen Smalltalk. Nach dem dritten Gin Tonic wurden wir persönlicher, irgendwann, keine Ahnung mehr, wie genau, kamen wir auf das Thema Sex. Ich interessierte mich dafür, wie es sich für einen Mann anfühlt, wenn er achtzehn Jahre in Ent-

haltsamkeit verbringen muss. Seine Antwort war zuerst machohaft, mit einem «Da muss man halt durch» liess ich mich jedoch nicht abspeisen. Irgendwann begann er sich zu öffnen und mir zu gestehen, dass er, je länger er enthaltsam lebte, immer intensivere Sexgedanken durchlebte. Erotische Praktiken, die ihn vorher eher abgestossen hätten, begannen ihn zu interessieren und er bereute erstmals, gewisse Sachen im Leben nie ausprobiert zu haben.

Beim vierten Gin Tonic begann auch ich mich zu öffnen, denn auch mein Sexverhalten hatte sich vor nicht allzu langer Zeit verändert. Während ich in jungen Jahren eher auf Blümchensex stand, gab es mit meinem Ehemann erstmals auch heisse Quickies und öfters auch mal ein Rollenspiel. Wir würzten so unser Eheleben und hielten das Feuer erfolgreich am Lodern. Als mein Mann Mike verstorben war, begann ich innerlich kalt zu werden. Mein Herz für jemanden Neues zu öffnen ist seither ein Ding der Unmöglichkeit. Die ersten drei Monate nach seinem Tod war ich in kompletter Trauer versunken, danach kam eine Phase, die meine Berufskollegen wohl eher als «selbstzerstörerisch» bezeichnen würden. Ich begann rumzuvögeln ohne jegliche

Emotionen. Mein zweiter One-Night-Stand stand auf leichte Sadomaso-Spielchen, die mir zu meinem eigenen Erstaunen gefielen. Ich begann den Schmerz gern zu haben, nein, ich begann ihn sogar zu lieben. Die Mischung zwischen Schmerz und Lust begann mich so sehr in Ektase zu bringen, dass ich – und dafür schäme ich mich schon beinahe – die besten Orgasmen in meinem Leben bekommen habe.

Einige Abenteuer später traf ich auf einen extremen Typen, der auf BDSM stand. Ich liess mich von ihm in seinem privaten Spielzimmer fesseln, knebeln und ihn Sachen mit mir anstellen, für die mir meine Berufskollegen ebenfalls eine jahrelange Therapie verschreiben würden. Zugegeben, BDSM war mir dann doch etwas zu intensiv, doch würde ich lügen, wenn ich behaupte, dass es mich nicht befriedigt hat.

Nach all meinen Geständnissen und einem letzten Gin Tonic begaben wir uns nach oben ins Hotelzimmer. Valentin begann mir meine Bluse aufzureissen und mir die Kleider runterzuziehen. Er warf mich aufs Bett, verzichtete auf jegliches Vorspiel und nahm mich intensiv, wie eine Bes-

tie, die sich hungrig in der Dunkelheit versteckt hat, auf der Lauer nach Frischfleisch. Er vögelte mich hart durch, würgte mich mit festem Griff um meinen Hals, doch stets kontrolliert. Ich erhielt einige Schläge auf meinen Hintern, auf meinen Oberschenkel und sogar einige Ohrfeigen ins Gesicht. Anfänglich war er noch ziemlich zögerlich, wohlwissend, dass es neu für mich war, als ich ihn dann jedoch darum bat – ach was, ich drängte ihn regelrecht dazu, fester zuzupacken –, traute er sich mehr. Wir trieben es bis in die Morgenstunden und es war die heisseste Nacht meines Lebens. Valentin besorgte es mir wie keiner zuvor, was ich ihm aber nie sagen würde, denn Männern darf man nie das Gefühl geben, dass sie perfekt sind, man muss sie provozieren, sie immer wieder von Neuem reizen, das weiss ich genau.

23

Das Sonnenlicht sucht sich seinen Weg durch den Spalt der Vorhänge und leuchtet mittlerweile direkt in Carusos Gesicht. Langsam öffnet sie ihre Augen. Erst nach einer Weile beginnt sie zu realisieren, wo sie sich befindet und wessen Arm sie gerade umschlingt. Behutsam bewegt sie ihren Kopf zur Seite. Speranza schläft noch tief und fest neben ihr und wirkt gerade wie ein Engel. Kaum zu glauben, dass dieser Mensch ein Blutbad angerichtet haben soll, denkt Caruso, als ihr zugleich wieder klar wird, wer da neben ihr liegt und in was für Schwierigkeiten sie sich letzte Nacht gebumst hat. Einen Patienten hatte sie in der Vergangenheit schon mal vernascht, jedoch war das nach abgeschlossener Therapie und keiner, der ihr von der Justiz zugeteilt worden war. Vorsichtig ergreift sie Speranzas Arm. Sie hebt ihn vorsichtig an und legt ihn behutsam zur Seite. Mit grösster Vorsicht streift sie die Decke weg und richtet sich auf. Sie erhebt sich und sucht ihre Kleider zusammen, die quer durchs Hotelzimmer verstreut liegen. Die Bluse ist kaputt, doch erfreulicherweise lässt sich die Herbstjacke bis oben hin zuknöpfen, sodass sie es bis nach Hause schaffen wird, ohne gleich sämtliche Blicke Berns auf sich zu ziehen. An ihrem Oberschenkel findet sie zwei blaue Flecken. Mit dem Finger streichelt sie drüber. Sie lächelt dabei, wieso weiss sie auch nicht. Sie beginnt sich anzuziehen, als Speranza neben ihr erwacht.

«Hey, Frau Therapeutin, ist es schon Zeit für unseren Termin beim Rosengarten?»

Caruso erschrickt. Ohne sich umzudrehen, sucht sie nach einer Antwort, ihn jetzt anzuschauen schafft sie einfach nicht.

«Der Termin wird auf morgen verschoben. Ich glaube, es ist besser, wenn wir uns bei mir in der Praxis treffen.»

«Ist alles in Ordnung?», fragt Speranza besorgt.

«Nein, das, was geschehen ist, hätte nie passieren dürfen.»

«Aber du wolltest doch ...»

«Ja klar wollte ich», gesteht Caruso, «doch das allein macht es nicht automatisch richtig.»

Bevor es Speranza aus dem Bett schafft, öffnet Caruso bereits die Zimmertür.

«Morgen zehn Uhr bei mir in der Praxis.»

Mit diesem Satz verlässt sie hektisch das Hotelzimmer.

Als sie einen kurzen Moment später im Stechschritt durch die Lobby zum Ausgang des Kursaals läuft, landet sie im Blick von Florian Funk, der es sich mit einem Kaffee auf einem der Sessel beim Eingang bequem gemacht hat. Er war sich gestern nicht sicher, ob Caruso wirklich mit seiner Zielperson zusammen nach oben gegangen ist, zu sehr war er in seine Onlinewelt vertieft.

Annalisa, eine junge Studentin aus Genf, hatte seine volle Aufmerksamkeit erregt. Ihr Avatar sah fast so heiss aus wie die Studentin im wahren Leben. Zu Funks Freude war sie eine der hartgesottenen Sex-Chatterinnen, die auch gerne mal Bilder von sich selbst versenden. Funk trieb es mit ihr virtuell auf dem Rasen in einem Park irgendwo in Australien. Irgendwann hielt er den Druck im unteren Bereich nicht mehr aus. Mit Hilfe seiner Jacke, die seine Erektion verdecken konnte, schaffte er es auf die Toiletten des Kursaals, wo er direkt masturbierte.

Als er zurückkam, brachen Caruso und Speranza gerade auf. Sie wirkten sehr vertraut miteinander und während Funk seinen Laptop und alles verstaute, waren die beiden bereits verschwunden. Funk verbrachte einige Stunden in seinem Auto, um sechs Uhr morgens klingelte sein Wecker, wonach er sich bereits kurze Zeit später in der Lobby des Kursaals platzierte. Sein Gefühl hat ihn nicht getäuscht. Die Therapeutin und der ehemalige Strafgefangene haben die Nacht zusammen verbracht. Das wird seinem Auftraggeber nicht gefallen, das wusste Funk jetzt schon, doch wenigstens konnte er nun erste Ergebnisse liefern, auch wenn nicht die gewünschten, denn seine Therapeutin zu vernaschen ist noch kein Verbrechen, geschweige denn ein Retourticket in die Pöschwies.

Unterdessen sitzt Studer konsterniert in ihrem Zürcher Justizbüro an der Hohlstrasse. Der Anblick im Niederdorf macht ihr noch immer zu schaffen. Bereits in ihrer Zeit als Justizdirektorin musste sie oft ausrücken und gerade die Verkehrsunfälle brachten meistens schreckliche Anblicke mit sich, die einem so manche schlaflosen Nächte bereiten konnten. Doch verstümmelte Menschen, die bewusst und mit roher Gewalt gefoltert wurden, sind auch in ihrem Beruf, gerade in der Schweiz, gottseidank eine Seltenheit.

Wer ist diese Bestie? Kurz blickt Studer auf die rechte Seite ihres Pults. Ganz oben liegt die Akte von Speranza. Sie wirft einen kurzen Blick hinein. Doch bereits nach wenigen Sekunden klappt sie die Akten wieder zu. Noch mehr abgetrennte Körperteile verträgt sie heute nicht. Wäre Speranza heute nochmal zu sowas fähig? Studer schüttelt den Kopf und verdrängt den Gedanken. Zu absurd darüber nachzudenken und sowieso hat Mosimanns Privatschnüffler ja bereits bestätigt, dass Speranza in der Tatnacht das Hotel nicht verlassen hat, womit er selbst als Täter eh im Vorhinein ausgeschlossen werden kann.

Studer fühlt sich unruhig, sie braucht ein Ventil, um Dampf abzulassen. Wäre ihr Mann ihr gegenüber nicht so ein Schlappschwanz, würde sie ihn nun in seinem Architekturbüro besuchen und ihm die Nummer seines Lebens bescheren. Studer greift zu ihrem Handy. Sie scrollt die Kontaktliste herunter bis zum Burgdorfer Anwalt Walter Brechbühl. Kurz überlegt sie ihn anzurufen, doch nein, sie unterlässt es. Einem Typen hinterherlaufen, das war noch nie ihre Art und wird es auch nie sein. Sie startet die Suchmaschine auf ihrem Smartphone und tippt die Stichworte «Callboy» und «Zürich» ein. Bereits nach wenigen Minuten stösst sie auf das Inserat eines gewissen Lucas, das sehr ansprechend auf sie wirkt. *28jährig, gutgebaut, stechend blaue Augen, kurze Haare und dominant.* Genau das, was Studer jetzt braucht. Die Nummer erscheint bereits auf dem Smartphone, doch ihr Finger schafft es noch nicht den grünen Hörer zu betätigen. Wie tief sinke ich gerade? Die Frage beschäftigt sie, doch bereits nach einigen Rechtfertigungen wie die, was Männer können, das können wir Frauen auch, tippt sie auf den Hörer. Als Lucas mit einem simplen «Hallo» den Anruf entgegennimmt, bleibt Studer stumm.

«Hallo, ist da jemand?», doppelt Lucas nach.

«Ja, ähm ... mein Name ist Lola.»

Studer könnte sich selbst ohrfeigen, dass ihr spontan kein besserer Deckname eingefallen ist. Noch unpassender könnte der Name nicht sein.

«Hallo Lola, du möchtest gerne ein Treffen mit mir?»

Studers Augen weiten sich. Die Zweifel überkommen sie einmal mehr.

«Du machst sowas zum ersten Mal, stimmt's?»

Die Stimme von Lucas hat eine beruhigende Wirkung auf die angespannte Justizdirektorin.

«Ja, es ist sonst nicht meine Art ... Doch ich brauche unbedingt Ablenkung und mein Mann ... mein Mann ...»

«Du brauchst dich nicht zu erklären, Lola. Was du machst, das tun ganz viele andere Frauen auch und nur wenige davon sind nicht verheiratet. Diskretion und Sicherheit stehen bei mir an oberster Stelle, also falls du Angst hast, dass ich ...»

«Ich habe keine Angst», unterbricht Studer mit wiedergewonnenem Selbstvertrauen.

«Kennen Sie das Plaza Hotel in Zürich?», beginnt sie das Ruder in die Hand zu nehmen.

«Ja, das kenne ich», gesteht Lucas.

Seine Stimme verrät, dass er lächelt, und es zeigt ihr, dass er bereits einige Kundinnen dort beglücken durfte.

«Wie viel?»

«Wie viel was?»

«Wie viel verlangen Sie?»

Kommt darauf an, was Sie genau wünschen?»

«Ich will hart gefickt werden. Kein grosses Vorspiel und ja kein Geschwafel, was ich brauche, ist hemmungsloser Sex.»

Studer erschrickt gerade selbst ob ihrer Direktheit und erst recht ihrer Wortwahl.

«Ähm, normalerweise mache ich Escort für 400 Franken. Das beinhaltet zwei Stunden Zusammensein und, naja, Zusatzdienste, über die kann man sprechen, aber es ist ...»

«Sparen Sie sich das Drumherumreden, ich gebe Ihnen tausend in cash, wenn Sie es mir heute Abend wild besorgen, in Ordnung?»

«Gerne, senden Sie mir eine SMS mit der Uhrzeit und ich werde da sein.»

«Gut. Bis später.»

Studer beendet das Telefonat und lässt ihr Smartphone auf den Tisch fallen. Es fühlt sich an wie ein Fallschirmsprung. Das Adrenalin schiesst noch immer durch ihren Körper. Der Kick, einfach mal nicht brav zu sein, einfach mal nicht die korrekte Justizdirektorin zu sein, erfüllt sie nicht nur mit Freude, sondern es erhöht auch ihre Lust, die der junge Callboy heute voll und ganz abbekommen wird. Studer greift erneut zum Smartphone.

«Ich komme heute später nach Hause, habe einen dringenden Fall zu bearbeiten», schreibt sie in der SMS an ihren Gatten. Nach zwei Minuten erscheint ein Daumen-hoch-Symbol. Typisch, denkt sie sich. Er antwortet so minimal, wie er auch im Bett an ihr interessiert ist.

«Schlappschwanz», flucht sie gegen den kleinen Bilderrahmen auf dem Tisch, indem ein Bild ihres Mannes steckt aus Zeiten, als die Welt noch heil war und das Feuer noch brodelte.

24

Mosimanns Telefon klingelt. Er eilt vom Bücherregal durch den Zigarrenrauch zu seinem Pult, um den Anruf entgegenzunehmen.

«Mosimann?»

Sein Blick wird finster. Mit Wucht drückt er seine Montecristo im Aschenbecher neben dem Computer aus.

«Sendet mir die Adresse zu, ich mache mich sofort auf den Weg.»

Heute wollte sich Mosimann eigentlich mit dem Fall der toten Nutte vom Niederdorf befassen, denn bisher tappt die Kantonspolizei dort noch komplett im Dunkeln. Sie hat lediglich begonnen, das Umfeld und einige

Spitzel im Milieu zu befragen, doch das versprach schon jetzt eine Nullnummer zu werden, denn selbst wenn jemand von den Gestalten dort etwas weiss, wird derjenige nicht mit der Polizei kooperieren.

Der Anruf von soeben bringt Mosimanns ganzes Tagesprogramm aus dem Ruder. Eine weitere Leiche wurde gefunden. Wieder eine Frau. Ihr wurden sämtliche Finger abgetrennt. Die Schwester der Toten hat den schrecklichen Fund gemacht. Als sie ihre Zwillingsschwester seit einigen Tagen nicht mehr erreichen konnte, begann sie sich Sorgen zu machen. Sie holte bei ihrer Mutter den Ersatzschlüssel und begab sich in die Wohnung der Schwester. Bereits im Korridor musste sie sich wegen des Gestanks in der Wohnung übergeben. Danach überquerte sie durch ihre eigene Kotze den Korridor und kämpfte sich ins Wohnzimmer durch, wo sie wohl den schrecklichsten Anblick ihres Lebens vorfand.

Die Polizei war bereits vor Ort, die Spurensicherung unterwegs, ebenso wie der Notfallpsychiater für die Schwester. Heute waren bereits die ersten Artikel bezüglich der toten Prostituierten und ihrem Zuhälter in den

Medien zu finden. Kaum auszumalen, wie die Presse Druck aufbauen würde, erfahren sie nun von einer zweiten Toten. Wenn die beiden Delikte nicht klar getrennt werden, stellen kreative Journalisten gerne die These eines Serienkillers in den Raum und dann wird sich auch die Politik in den Fall einmischen.

Kurz spielt Mosimann mit dem Gedanken Studer anzurufen, doch er zögert und unterlässt es. Vielleicht könnte die Mordserie ihm doch noch in die Karten spielen, denn sollte man keine Spur finden, so lassen sich bekanntlich auch Spuren legen und je nachdem wäre es die optimale Möglichkeit zwei Fliegen mit einer Klappe zu schlagen.

Mosimann setzt seinen finstersten Blick auf, danach macht er sich auf den Weg zum Tatort. Unterwegs erhält er vom Polizeichef bereits genauere Informationen. Das Opfer, anfangs sechzig, wurde gefesselt, misshandelt und anschliessend wurde ihm die Kehle aufgeschnitten. Post mortem schnitt ihm der Täter jeden Finger einzeln ab und platzierte diese dann in den verschiedenen Köperöffnungen des Opfers. Jeweils ein Finger im Ohr, vier im Mund und vier an einer sehr intimen Stelle.

«Dieses perverse Arschloch», schiesst es Mosimann wutentbrannt durch den Kopf.

Die Leiche lag bereits seit mehreren Tagen in der Wohnung, wie lange genau, würde man noch heute erfahren. Es kann also davon ausgegangen werden, dass sich dieser Mord vor der Ermordung der Nutte und ihres Zuhälters ereignet hat. Während Mosimann um 18 Uhr am Tatort eintrifft, sitzt Studer auf dem Bettrand im Hotelzimmer. Sie hat sich vor Ort frisch gemacht, noch kurz geduscht sowie Makeup und Lippenstift aufgetragen. Ihren Rock hat sie hochgezogen und die Strümpfe entfernt. Ihre Bluse ist bis zu den Titten aufgeknöpft und auch den BH hat sie bereits vorgängig entfernt.

Eine SMS trifft ein: «Ich bin da.»

Studer gibt ihrem Callboy die Zimmernummer durch. Sie ist nervös und das gefällt ihr nicht. Das Adrenalin schiesst erneut durch ihren Körper, doch noch immer weiss sie, dass es genau das ist, was sie braucht: einen jungen Knackarsch-Typen, der es ihr besorgt. Als es an der Zimmertür klopft, zögert Studer keinen Moment. Sie lässt Lucas herein und mustert ihn mit einem Lächeln. Schwarze kurze Haare, stechend blaue Augen, ein schwarzes Hemd und moderne Jeans. Ein intensiver Parfümduft, müsste Studer raten, würde sie auf «One Million» oder «Tommy Hilfiger» tippen, auf jeden Fall ein angenehmer Duft, der ihre Libido noch zusätzlich zum Kochen bringen wird.

«Ich hoffe, ich entspreche Ihren Vorstellungen», beginnt Lucas das Gespräch.

«Halt die Klappe» stoppt ihn Studer, während sie ihn am Hemd packt und zu sich hinzieht.

Gierig küsst sie ihn am Hals, während ihre Finger ungeduldig die restlichen Knöpfe seines Hemdes öffnen. Sein Body ist kahlrasiert und auf seiner rechten Brust sticht ein Totenkopf-Tattoo hervor. Studer beginnt Lucas zu küssen, als dieser unerwartet seinen Kopf zurückzieht.

«Ähm, Zungenküsse sind eigentlich tabu», versucht er zu erklären ...

«Halt einfach die Klappe», befiehlt Studer erneut, dabei zieht sie ihn am Hinterkopf zu sich hin und steckt ihm ihre Zunge so tief in den Hals, wie sie es noch nie zuvor bei einem Mann getan hat.

Lucas wehrt sich nicht und die Beule in seiner Hose verrät der Justizdirektorin, dass er die Tabuliste bestimmt nochmal revidieren wird, wenn sie mit ihm fertig ist. Während sich ihre Zungen vergnügen, öffnet sie den Gurt an seiner Jeans, dann kniet sie sich hin und beginnt damit ihr sexy Spielzeug in vollen Zügen zu geniessen.

Zwei Stunden später liegen die beiden verschwitzt nebeneinander im Bett.

«Oh, mein Gott ...», unterbricht Studer die Stille. Danach atmet sie tief ein und aus.

«Bereuen Sie es?», hakt Lucas schon beinahe schüchtern nach.

«Ach was, ich bereue lediglich, dich nicht schon früher gebucht zu haben.»

Studer neigt ihren Kopf zur Seite und küsst ihren Callboy. Danach beginnt sie seinen Oberkörper zu streicheln. Eigentlich müsste sie langsam los, ab nach Hause, etwas zu essen kochen, doch irgendwie ist ihr nicht danach. Sie taucht mit dem Kopf unter die weisse Bettdecke und beginnt ihren Lucas erneut in Fahrt zu bringen. Runde zwei wird eingeläutet, oder um es passender zu beschreiben: *Runde zwei wird eingeblasen.*

25

Tagebucheintrag eines Unbekannten: *Sie sah aus, wie ich sie in Erinnerung hatte. Der gleiche billige Kleiderstil wie zu unserer Jugendzeit, als die Welt noch in Ordnung war. Sie war meine erste Freundin. Wir spielten bereits im Sandkasten zusammen und später dann auch im Schwimmbad, bis irgendwann auch die ersten Erwachsenenspielchen dazukamen. Sie war versaut vom ersten Moment an. Wieso ich sie entjungfern durfte, keine Ahnung, denn zu den Gutaussehenden gehörte ich schon damals nicht. Irgendwann wurden wir schlussendlich ein Paar.*

Unser Umfeld belächelte uns, die anderen Jungs haben mich beneidet. Besonders mein bester Freund Remo liess mich seine Eifersucht immer wieder deutlich spüren. Er, der damalige Liebling der Mädels, kam noch nicht zum Zug und ich, der dickliche Junge, der im Sportunterricht stets gehänselt wurde, durfte bereits vor ihm ran. Doch es kam, wie es kommen musste. Er kam in sie hinein und ich erwischte sie genau, als der Orgasmus seinen Höhepunkt erlangte. Im alten Schuppen hinter dem Haus legte Remo meine Nina flach. Er bumste sie auf der alten Werkbank ihres Vaters. Als sie mich wahrnahmen, versteinerte sich ihr Blick synchron. Remo konnte sich ein Lächeln nicht verkneifen.

Meine Welt brach zusammen. Wie konnte sie nur? Und wieso ausgerechnet mit ihm? Doch alles kommt retour im Leben und heute hat sie die Quittung für ihren damaligen Fehler erhalten. Mit einem Billigblumenstrauss aus dem Migros stand ich vor ihrer Tür. Sie freute sich, liess mich, ohne zu zögern, herein. Sie war wieder solo, seit einigen Wochen frisch geschieden, das habe ich bereits durch die sozialen Medien in Erfahrung gebracht. Ihr brünettes Haar war noch immer lockig und lang. Sie hatte sie nach hinten gebunden. Neuerdings trug sie eine Brille, die sie wie eine ergraute Porno-Sekretärin wirken liess. Sie kochte mir Kaffee, ohne mich zu fragen, ob ich überhaupt welchen trinke, doch so war sie schon früher. Sie bestimmte, wie es ablaufen musste, sie hatte das Kommando, doch heute wird es anders laufen, das wusste ich schon, bevor ich über die Schwelle getreten bin. Nachdem ich sie in der Küche von hinten gepackt und geknebelt hatte, begann ich mich zu amüsieren. Immer wieder schossen mir die Bilder durch den Kopf, wie ich sie damals mit Remo erwischt hatte, der Tag, an dem ich der Liebe abschwor und an dem sich mein Hass gegen die Frauen zu entfachen begann. Als ich anfing sie zu würgen, sah ich die Angst in ihren Augen, die Angst, welche ich so zu lieben gelernt habe. Irgendwann erstarrte ihr Blick und es kehrte Ruhe ein. Meine Rache konnte nun ihren vollen Lauf nehmen. Mit einem Messer, dass ich frisch geschliffen und gut vorbereitet dabeihatte, fing ich an mich zu amüsieren. Ich schnitt ihr behutsam jeden einzelnen Finger ab und mit jedem Schnitt fühlte ich mich besser. Danach begann ich die Finger einzeln zu platzieren. Sie verdiente die pure Demütigung, auch über das Leben hinaus. Ihre

Schwester und ihre Familie, sollten es mitbekommen, genauso wie die Polizisten und die Presse. Wenn sie mich irgendwann einmal erwischen, dann werden sie mich verstehen. Sie werden erkennen, dass sie es verdient hat und ich eigentlich der Gute bin. Frauen wie Nina haben es verdient, dass man sie bestraft, dass man sie eliminiert und anderen Männern dasselbe Leid erspart.

Nachdem ich alle Spuren verwischt hatte, machte ich mich auf den Heimweg. Es gab noch einiges vorzubereiten, denn in den nächsten Tagen musste auch die Nutte und ihr Zuhälter beseitigt werden und dann noch jemand, der anstelle eines anderen hinhalten muss. Er wird der krönende Abschluss sein, um das dunkle Kapitel der Vergangenheit abzuschliessen. Ich werde erstmals innere Zufriedenheit erfahren. Auch wenn andere mich nicht sofort verstehen werden, ich weiss, dass ich das Richtige tue, denn es ist mein Schicksal, meine Bestimmung, die Welt zu reinigen. Zuerst muss ich meine eigene Vergangenheit säubern, um dann auch die der andern anzugehen.

Ich freue mich bereits auf das, was noch kommen wird, und irgendwann auch auf die Dankbarkeit der anderen, wenn man mich studieren und irgendwann verstehen wird.

26

Der Wind weht durch das offene Fenster in die kleine Praxis an der Marktgasse. Caruso sitzt bereits seit einer Stunde hier. Sie hat schon unzählige Akten geordnet und den Papierkram erledigt, den sie bereits seit Langem vor sich hergeschoben hat. Sie fühlt sich unwohl und hat nur wenig geschlafen. Ihre Gefühle duellieren miteinander, zum einen hat es sich mit Speranza gut angefühlt und am liebsten möchte sie es noch mehrfach wiederholen, zum anderen fühlt sie sich schuldig, denn sie weiss genau, dass es nicht sein darf. In wenigen Minuten wird Speranza über die Schwelle treten und sie weiss nicht, wie sie ihm begegnen soll. Sie will Distanz schaffen und sich zugleich nicht von ihm entfernen. Nervös streift sie sich mit der Hand durchs Haar, nippt an ihrem mittlerweile kalten Kaffee und ordnet die letzten Dokumente ein, als sich bereits die Tür neben ihr öffnet.

«Guten Morgen.»

Die Begrüssung Speranzas klingt unsicher. Auch er scheint sich nicht klar darüber zu sein, wie sie sich nun begegnen sollen. Beide wissen offensichtlich nicht, ob sie ins Du wechseln oder sich weiterhin förmlich mit dem Nachnamen ansprechen sollen. Caruso antwortet ebenfalls mit einem «Guten Morgen» und bittet Speranza Platz zu nehmen.

«Es darf sich nicht wiederholen», stellt sie als Einstieg in die Sitzung klar.

«Es darf sich nicht oder es wird sich nicht?», kontert Speranza.

Die Blicke der beiden verfangen sich.

«Zumindest müssen wir die Therapie vom Privaten trennen», korrigiert Caruso.

«Das heisst, hier sind wir nun wieder Therapeutin und Ex-Knasti», erwidert Speranza mit einem nicht zu überhörenden Unterton.

Caruso nickt und holt ihren bereits vollgekritzelten Notizblock hervor.

«Was hast du, ... ähh ... was haben Sie heute so gemacht vor unserem Treffen?»

«Ich war in der Amtshausgasse im Café Black einen Kaffee trinken und danach habe ich hier an der Marktgasse eine Führung durch das Update Fitness erhalten. Ich spiele mit dem Gedanken dort zu trainieren.»

«Sie machen also gerne Sport?»

«Ja, ich habe auch während meiner Haftzeit regelmässig Sport getrieben. Sei es Gewichtheben oder auch Joggen.»

Caruso macht sich einige Notizen, danach reisst sie das Papier heraus, zerknittert es und wirft es in weitem Bogen in Richtung Abfalleimer.

«Komm, lassen wir das Drumherumgerede, irgendwann müssen wir ja auf den Punkt kommen. Wieso hast du das Blutbad angerichtet? Was haben dir diese Menschen getan?»

Speranzas Blick versteinert sich und Caruso erkennt, dass sie wohl gerade etwas zu forsch, von ihren Gefühlen getrieben, reagiert hat.

«Entschuldige, das war jetzt ...»

«Schon gut», beruhigt Speranza sie. «Ich weiss, dass du nur deinen Job machen willst. Die Frage jedoch ist nicht warum, sondern ob, denn auch wenn du mir das nicht glaubst, ich habe nicht nur die Tat nicht begangen, ich war zu diesem Zeitpunkt nicht mal an diesem Ort.»

Speranzas Blick wird mitleidvoll und zugleich klingeln bei ihr die inneren Alarmglocken. Es ist nicht unüblich, dass Straftäter ihre Taten abstreiten. Oftmals reden es sich die Kriminellen so lange ein, unschuldig zu sein, dass sie am Ende davon überzeugt sind, es nicht getan zu haben, so dass sie die Wahrheit quasi komplett ausradieren. Manchmal sind Taten auch so unfassbar schrecklich, gerade wenn jemand sie in vollem Bewusstsein begangen hat, dass er sie selbst nicht wahrhaben will und es auch nicht kann, weil er aus einem so tiefen Hass, aus einer so abgrundtiefen Enttäuschung heraus innert Sekunden etwas getan hat, wovon er selbst nicht wusste, dass er dazu fähig ist. Bei Speranza dürfte es nicht anders sein, mahnt sich Caruso selbst.

«Laut Urteil und Akten wurden Ihnen die Taten durch ein faires Verfahren und ein Gericht nachgewiesen.»

Speranza lacht.

«Auf Papier kann alles gedruckt werden. Ich sass einige Tage in einem russischen Loch von Zelle, übrigens schon Tage vorher, bevor sich das Massaker überhaupt ereignet hat. Dort wurde ich gefoltert, während einige Bürolisten im Kreml das Papier so gestaltet haben, wie es ihnen passte.

Speranza macht eine kurze Pause.

«Und wieso sollte man Ihnen das angehängt haben?»

«Wenn du im Auftrag eines Landes in einem anderen Land operierst, wirst du automatisch als Gefahr eingestuft, gerade wenn du als Spion agierst. Ich habe einige unschöne Machenschaften entdeckt, um ehrlich zu sein zufällig, denn meine eigentliche Mission war eine andere. Ich wurde durch meine heimlichen Recherchen einigen Herrschaften in Moskau zu gefährlich. Ob sie es waren, die das Massaker angerichtet haben, das weiss ich nicht, kann auch gut sein, dass es irgendein Psychopath war. Wie auch immer, man hat mir diese Tat zugeordnet und mich feinsäuberlich von der Bildfläche verschwinden lassen. Zuerst landete ich in einem Moskauer Gefängnis, bis sich ein Schweizer Botschafter für mich einsetzte, sodass ich nach zwei Jahren in die Schweiz überstellt werden konnte.»

«Zwei Jahre russischer Knast?»

Davon steht nichts in den Akten, daran hätte sich Caruso sofort erinnert.

«Ja, und glauben Sie mir, der russische Knast ist nicht vergleichbar mit den Vier-Sterne-Hotels hier, die wir in der Schweiz haben.»

Caruso überkommt ein schlechtes Gewissen. Sie weiss nicht wieso, doch es fühlt sich wie die Wahrheit an. Sie blickt Speranza in die Augen.

«Und du?»

Er sieht sie eindringlich an.

«Und ich was?», antwortet sie verwirrt.

«Was ist deine Geschichte?»

Caruso überlegt einen Moment.

«Hier in der Therapie geht es um dich, doch wenn du heute Abend zu mir nach Hause kommst und dich von mir bekochen lässt, werde ich dir mehr über mich verraten. In Ordnung?»

Speranza grinst.

«Also gibst du uns noch nicht auf?»

«Nein.»

27

Tagebucheintrag Lucas: *Mein Vater hat mich verstossen, seit er weiss, was ich beruflich mache. Meine Mutter sitzt seit einigen Jahren in der Psychiatrie, angeblich leidet sie an Schizophrenie. Besuche will sie keine empfangen, damit habe ich zu leben gelernt. Bei mir fing es früh an, ich erkannte bereits im Teenageralter, dass ich nicht nur Mädchen, sondern auch Jungs sehr interessant finde. Für mich war bereits damals klar, dass ich bisexuell bin. Lange habe ich es im Verborgenen gehalten, bis ich es irgendwann nicht mehr ausgehalten habe. Ich weiss nicht, wieso ich mich verstecken sollte, da es weder verwerflich noch verboten ist, auch mal etwas mit einem anderen Mann zu haben. Irgendwann fing ich dann an mich für Geld anzubieten. Als Callboy kann man gut verdienen, vor allem wenn man sich irgendwann eine solide Stammkundschaft aufgebaut hat. Oft werde ich von Frauen gebucht, meist sind es hübsche Frauen, die so sehr auf ihr Studium oder ihre Karriere fokussiert sind, dass sie keine Energie in eine Beziehung respektive in Tinder-Stunden verschwenden möchten. Sie gönnen sich dann zwischendurch einen wie mich. Oft werde ich auch von Business-Frauen gebucht, die mich für ein Geschäfts- oder Weihnachtsessen benötigen. Meist ist die Bedingung, dass ich auch alljährlich wieder mitkomme, da die Geschäftsfrauen den Eindruck vermitteln möchten, dass sie in einer stabilen Beziehung leben. Manchmal buchen mich auch frustrierte Ehefrauen, die einfach mal eine Abwechslung benötigen, oder Frauen, die aufgrund von Übergewicht oder Narben keinen Sexualpartner finden. Männer date ich auch, nicht oft, aber immer mal wieder. Meist sind es gutbetuchte ältere Herren, die sich direkt im Hotel mit mir treffen möchten, da sie ihre Neigung verstecken, wie ich es einst gemacht haben. Was ebenfalls Mode geworden ist, sind Anfragen von Pärchen, die gerne einen Dreier vollziehen möchten, es aber nicht wagen jemanden aus dem privaten Umfeld zu fragen.*

Ich liebe meine Arbeit, sie erfüllt mich und ich möchte sie für nichts auf der Welt missen. «Männliche Nutte», «Stricher», «Tunte», viele solcher Beschimpfungen musste ich früher über mich ergehen lassen, doch seit ich den Beruf offiziell ausübe und auch mit einer Website dazu stehe, werden solche Äusserungen seltener.

Mein Vater sagt, ich sei eine Schande, doch für mich ist er die Schande, denn jemanden zu lieben, gerade sein eigen Fleisch und Blut, heisst auch, die Person so zu akzeptieren wie sie ist, und nicht so, wie man sie gerne hätte. Mit dem Thema Familie habe ich daher seit länger abgeschlossen. Ich habe dabei gelernt allein zu leben, obschon, allein bin ich ja nie, wenn ich an all die wunderbaren Treffen denke, die ich erleben darf.

Heute Abend hat mich ein neuer Kunde kontaktiert. Von der Stimme her schätze ich ihn auf vierzig bis fünfzig Jahre. Er hat mir gestanden, dass er sich das erste Mal auf einen anderen Mann einlassen will. Er traute sich nicht mir seine Adresse zu verraten und bot mir an, mich irgendwo an einem versteckten Ort abzuholen, von wo aus er mich dann zu sich nach Hause fahren wird. Mag etwas riskant klingen, doch solche Wünsche gibt es immer mal wieder und wer kann sie verstehen, wenn nicht ich, der selbst so lange alles verborgen hat. Ich freue mich auf diesen Mann und darauf, dass er sich endlich outen kann, denn es ist niemals zu spät dafür. Bei ihm werde ich mir besonders viel Mühe geben und ihm zeigen, was er in den letzten Jahren verpasst hat, so dass er sich die kommenden Jahre ausleben und sein Leben in vollen Zügen ausschöpfen wird.

So, nun wird es langsam Zeit. Wir haben in einer Stunde in einer kleinen Nebenstrasse nicht unweit vom Waldrevier Uetliberg abgemacht. Er hole mich mit einem schwarzen Volvo ab und ich solle pünktlich sein. Nicht dass ich ihn verpasse und ihm so noch die Chance für einen Rückzieher ermögliche. Zudem zahlt er mir 800 Schweizer Franken für das Einführen ins andere Ufer und das kann ich gerade mehr als gut gebrauchen.

28

Funk sitzt auf dem Stuhl gegenüber von Mosimann, der gerade offensichtlich unter Druck steht. Seine Gesichtszüge sind angespannt und sein Griff zur Zigarre ist nervöser als sonst. Bereits am Telefon hat er deutlich betont, wie kurz angebunden er heute sein wird.

«Also Tobias, ich habe nicht lange Zeit, was möchtest du mir unbedingt persönlich mitteilen, das nicht warten kann?»

Funk räuspert sich, währenddessen rutscht er nervös auf dem Stuhl hin und her.

«Also, was Speranza betrifft … es gibt da etwas zu berichten.»

Mosimann platzt der Kragen, als Funk erneut eine Pause einlegt.

«Verdammt, Tobias, komm zur Sache», fordert der Staatsanwalt sein Gegenüber auf.

«Er vögelt seine Therapeutin.»

Mosimanns Blick verrät, dass er damit nicht gerechnet hat.

«Dieser verdammte Hund», kommentiert er.

Danach zieht er an seiner dicken Churchill und bläst Funk eine gewaltige Ladung Rauch ins Gesicht.

«Dann muss es doch eine Verbindung zwischen den beiden geben. Wahrscheinlich kennen sie sich oder sind sogar Komplizen.»

Funk zuckt mit den Schultern und betont dabei, dass das allein halt noch nicht ausreiche, um ihn von der Strasse zu kriegen, es aber doch schon mal zeige, dass der Ex-Knasti mit allen Wassern gewaschen sei.

«Wenn ich ihn nur irgendwie mit einem der aktuellen Morde in Zürich in Verbindung bringen könnte», murmelt Mosimann.

«Denkst du, Speranza hat etwas damit zu tun? Ich habe vom Mord im Niederdorf aus den Medien erfahren.»

«Morgen wirst du von einem weiteren Mord lesen. Eine Frau wurde heute Morgen tot in ihrer Wohnung aufgefunden. Sie wurde übel zugerichtet.»

Funk beginnt nachzudenken.

«Und wieso schliesst du Speranza aus?»

«Na, du hast ihm ja das Alibi verschafft. Er hat in der Tatnacht laut deiner Observation den Kursaal nicht verlassen.»

Der Privatdetektiv wird unruhig. Er bewegt sich erneut nervös auf dem Stuhl von der einen Seite zur anderen.

«Naja, also, um ehrlich zu sein ...»

Der Privatdetektiv fängt an zu stottern. Mosimann setzt seinen finstersten Blick auf, dann schlägt er mit der geballten Faust auf das Pult.

«Verdammt, Tobias, was ist heute nur los mit dir? Speranza hat doch das Hotel nicht verlassen, oder?»

Funk reibt sich an seiner Jeans die verschwitzten Hände trocken.

«Naja, ich war einen kurzen Moment weg, naja, gut eine Stunde, und so ganz mit Bestimmtheit kann ich es nicht bestätigen.»

Mosimann drückt mit Wucht die Churchill im Aschenbecher aus.

«Das heisst, der verdammte Hundesohn könnte also die Nacht hindurch doch unterwegs gewesen sein?»

«Ja, das könnte er», gesteht Funk mit gesenktem Kopf.

Caruso schiebt in ihrer Wohnung nahe des Viktoriaplatzes den Gemüsegratin in den Ofen. Speranza sollte jeden Moment bei ihr zu Hause eintreffen. Der Auflauf benötigt rund eine Dreiviertelstunde, somit läuft alles nach Plan. Der Tisch ist bereits gedeckt. Dunkelgraue Tischsets, rote Servietten und das Sonntagsbesteck, das sie seit dem Verlust ihrer Familie nicht mehr hervorgeholt hat. In der Mitte des Tisches steht ein Kerzenständer, die Kerzen brennen bereits und rundherum sind einige Kunst-Rosenblätter verstreut.

Fast schon freudig nervös huscht Caruso ins Badezimmer und kontrolliert im Spiegel ihr Makeup. Sie hat sich ihr schwarzes Kurzes angezogen und darunter die rote Unterwäsche, die sie sich vor einigen Tagen bei Zalando bestellt hat. Auf dem Bett hat sie Handschellen, einen Vibrator und eine kleine Lederpeitsche platziert. Sexutensilien, die sie seit längerem besitzt, doch bis auf den Vibrator noch nicht ausprobiert hat. Sie begibt sich hastig in die Küche zurück, öffnet den Kühlschrank und holt eine Flasche gekühlten Weisswein hervor. Sie giesst sich umgehend ein Glas ein. Mit Alkohol würde sie lockerer werden und heute will sie locker sein, sie will sich mit Speranza zusammen fallen lassen.

Es klingelt an der Tür. Caruso schüttet das Glas Weisswein auf ex hinunter, richtet sich den BH und den Ausschnitt zurecht. Bei der Haustür angelangt atmet sie nochmals tief ein und aus, dann öffnet sie die Tür.

«Wow!», entfährt es beiden synchron.

Auch Speranza hat sich schick gemacht. In einem dunklen Anzug mit einem Rollkragenpullover darunter wirkt er schon beinahe wie George Clooney aus der Nespresso-Werbung.

«Du siehst wunderhübsch aus und aus der Küche duftet es wunderbar.»

Caruso lächelt. Charmant ist er ja, muss sie sich einmal mehr eingestehen.

«Duften tut es gut, aber ob es auch schmeckt, das kann ich nicht garantieren», ulkt Caruso, während sie Speranza zum Esstisch führt.

Er setzt sich an den gedeckten Tisch und blickt sich um. Die Einrichtung ist sehr schlicht. Das Auffälligste sind einige Bilder an den Wänden. Es sind Landschaftsbilder, die allesamt an Bern erinnern. Höchstwahrscheinlich alle vom selben regionalen Künstler, vermutet Speranza. Caruso stellt unterdessen zwei Gläser Weisswein auf den Tisch und nimmt ihm gegenüber Platz.

«Nett hast du es hier», betont er mit einem fixierten Blick in ihre Augen.

«Danke, du hast das Schlafzimmer noch nicht gesehen», proviziert sie umgehend.

«Ah ja, also, falls es noch vor dem Essen drinliegt, darfst du es mir gerne präsentieren.»

Caruso schweigt. Unauffällig schielt sie auf die Uhr, dann erhebt sie sich, stösst mit Speranza an und fordert ihn mit einer Kopfbewegung dazu auf, ihr zu folgen. Im Schlafzimmer angelangt stechen Speranza umgehend die Sexspielzeuge ins Auge.

«Ui, haben wir heute noch was vor?»

Caruso tritt nahe an ihn heran. So nah, dass sie seinen Atem im Gesicht spürt.

«Wir können auch gerne mit dem Dessert starten», schlägt sie mit verführerischer Stimme vor.

Speranza zieht sie an sich, umarmt und küsst sie leidenschaftlich. Er greift ihr während des Knutschens an den Oberschenkel, schiebt das sowieso schon recht kurze Kleid ganz nach oben. Ihre Zunge drängt sich währenddessen weiter in seinen Mund hinein. Sanft streichelt er sie mit den Fingern am Schambein. Er spürt, wie sie gierig wird. Danach greift er sie an den Haaren, zieht an ihnen und reisst so ihren Kopf nach hinten. Mit der anderen Hand kneift er sie fest in den Hintern. Anschliessend dreht er sie um, noch immer ihre Haare fest im Griff, dann schleudert er sie auf das Bett, dreht ihr dort den Arm auf den Rücken, greift sich die Handschellen und fixiert diese an ihrem linken Handgelenk.

Nun greift er sich ihre rechte Hand und fixiert auch diese. Mit Schwung dreht er sie auf den Rücken, während ihre Hände gefesselt sind. Er zerreisst ihr das Höschen, greift sich den Vibrator und beginnt sie damit in Fahrt zu bringen. Mit der einen Hand fängt er an sie am Hals zu würgen und mit der anderen bewegt er das elektronische Sexspielzeug an ihrer Vagina hin und her.

Caruso liebt es! Das Gefühl sich wehrlos zu fühlen, dem Gegenüber ausgeliefert zu sein, es törnt sie an und sie kann es nicht erwarten, bis er in sie eindringen wird. Einige Minuten später wirft Speranza den Vibrator zur Seite. Er reisst Caruso den Ausschnitt herunter und beginnt ihre Nippel zu lecken. Danach dreht er sie sie auf den Bauch, nimmt die kleine Lederpeitsche und beginnt ihr den Hintern zu versohlen. Von Gefühlen übermannt stöhnt Caruso auf. Nun öffnet er seine Hose, holt sein Glied heraus und drückt es ihr mit Wucht hinein. Wie ein wilder Stier beginnt er sie von hinten zu vögeln. Der harte Sex nimmt seinen Lauf, bis ein seltsamer Duft die Erotik unterbricht.

«Verdammt!», schreit Caruso. Sie rennt mit den Handschellen im Rücken in die Küche.

«Schnell, komm! Los, schnell!», ruft sie panisch ins Schlafzimmer.

Speranza eilt herbei. Umgehend dreht er den Schalter am Backofen auf «Off» und öffnet die Backofentür. Der Rauch verteilt sich umgehend in der Küche. Speranza betätigt den Abzug und rennt zum Balkonfester, um es zu öffnen.

«Das kommt davon, wenn man nicht warten kann», kommentiert Caruso, wobei sie plötzlich laut rauszulachen beginnt.

Speranza holt den Handschellenschlüssel aus dem Schlafzimmer, um Caruso vor dem Backofen von den Handschellen zu befreien. Lachend setzen sich die beiden auf den Boden. Vor ihnen der schwarzverbrannte

Gratin, der, sobald er abgekühlt ist, umgehend im Abfalleimer landen wird. Die beiden lachen lauthals und bleiben am Boden sitzen.

29

Lucas steht am besagten Ort beim Zürcher Stadtwald. Der Wind bläst ihm kalt ins Gesicht. Der junge Callboy bereut gerade, dass er nicht doch seine Bomberjacke angezogen hat. In seiner dünnen Windjacke tigert er ungeduldig hin und her, in seinem Mund steckt bereits die vierte Marlboro binnen einer Viertelstunde.

«Wo bleibst du?», flucht er laut vor sich hin.

Kaum ausgesprochen bremst ein schwarzer Volvo neben ihm ab. Das Beifahrerfenster wird heruntergelassen.

«Hallo, bist du Lucas?»

Ohne zu antworten, öffnet der Callboy die Fahrzeugtür, setzt sich auf den Beifahrersitz und beginnt sich direkt an der Heizung die Hände warm zu reiben.

«Ja, ich bin Lucas. Ich dachte schon, du kommst nicht mehr.»

«Ach was, es herrschte lediglich Stau, das ist alles, nun bin ich ja da», erklärt sich der Freier.

Lucas schaut dem Fahrer in die Augen. Irgendwie hat er auf einen besser aussehenden Typen gehofft. Sein Kunde ist optisch weit unter dem Durchschnitt und wirkt auf ihn wie ein typischer Kandidat aus der TV-Sendung «Bauer, ledig, sucht».

«Verkaufst du dich schon lange?», beginnt der Fremde das Gespräch, während er den Volvo in Bewegung setzt.

«Ja, schon sechs Jahre. Mir gefällt mein Beruf. Ich mache es nicht rein des Geldes wegen oder aus Verzweiflung.»

Der Fahrer zeigt keine Emotionen, nicht mal ein Lächeln scheint er für seinen Beifahrer übrig zu haben.

«Und Sie? Seit wann spielen Sie mit dem Gedanken auch mal im anderen Ufer zu schwimmen?», beginnt Lucas nachzuhaken.

Der Fremde überlegt einen Moment.

«Ich weiss es schon lange, doch war ich jahrelang verheiratet und nun, da ich wieder ein freier Mann bin, will ich meine Freiheiten voll und ganz auskosten.»

Lucas gefällt die Antwort. Es ist nicht das erste Mal, dass er eine solche Begründung zu hören bekommt.

«Na dann ...», äussert er, während seine Hand zugleich den Oberschenkel des Mannes berührt.

«Wo führst du mich hin?»

Der Fremde schweigt. Einige Sekunden später stellt er den Blinker und biegt in eine abgelegene Seitenstrasse ein. Dort parkiert er den Volvo auf einem Parkplatz in der blauen Zone. Weit und breit ist kein Mensch zu sehen. Er schaltet das Licht am Wagen aus.

«Hier?», fragt Lucas sichtlich enttäuscht.

«Ich will, dass du mir hier einen bläst», erklärt der Freier in strengem Ton.

Lucas mag keine «Blowjobs» im Auto, doch gehört es wie so vieles zu seinem Beruf. Er neigt sich zur Seite, öffnet den Gurt des Freiers, so auch seine Hose. Sein Glied ist noch schlaff, doch das will Lucas umgehend ändern. Er duckt sich über die Mittelkonsole zum Schoss des Fremden herunter. Doch gerade, als er mit dem Blasen beginnen will, greift ihn der Fremde am Nacken, drückt seinen Kopf in die Höhe, während er ihm mit der anderen Hand ein Messer direkt in den Hals stösst. Lucas beginnt zu röcheln. Langsam fängt das Leben an aus seinem Körper zu weichen. Der Fremde blickt ihm tief in die Augen.

«Du musst anstelle deines Vaters Remo hinhalten, Kleiner. Ich weiss, es ist nicht fair, doch so ist das Leben. Oder um es passend für dich zu formulieren: So war das Leben.»

Lucas' Blick wird starr. Sein Körper sackt schlaff zusammen, sein Kopf fällt seitlich auf die Schulter des Freiers. Dieser startet unterdessen den Volvo und fährt aus dem Parkplatz heraus. Einige Minuten später parkiert er auf einem der Parkplätze nahe dem Stadtwald.

Dort hievt er die Leiche durch die Beifahrertür heraus, platziert sie auf dem Rücksitz und legt eine Decke über den Leichnam. Sein persönliches Werk, seine persönliche Rache ist mit dem Callboy per sofort vollendet. Nun hat er seine Vergangenheit seiner Meinung nach endlich gesäubert. Per sofort kann er sich nun um die Reinigung der Leben anderer kümmern. Jetzt ist ihm alles egal, sollen sie ihn doch fangen, ihn erwischen, ihn für immer einsperren, der wichtigste Part ist vollbracht.

Unterdessen liegt Caruso auf dem Sofa in den Armen von Speranza. Sie schauen sich einen kitschig-romantischen Film an und geniessen den Abend zu zweit in vollen Zügen. Das verbrannte Gratin haben sie bereits entsorgt und der Gestank ist mittlerweile aus der Wohnung gewichen. Dank eines Lavendelsprays sind auch die letzten Geruchsspuren beseitigt worden.

Speranza streichelt Caruso sanft am Unterarm. Noch nie hat er so intensiv für eine Frau empfunden. Er geniesst das Gefühl von innerer Zufriedenheit und betet dafür, dass diese Nacht niemals endet. Seinem Gegenüber geht es genauso. Sie fühlt sich seit langem wieder geborgen. Speranza ist genau das, was sie gebraucht hat. Er befriedigt sie intellektuell genauso wie im Bett. Nie hätte sie gedacht, dass sie nach dem Ableben ihres geliebten Mike wieder einen Partner finden würde, mit dem sie sich vorstellen kann, den Rest ihres Lebens zu verbringen. Vorsichtig bewegt sie ihren Kopf nach oben und küsst ihn. Er erwidert ihren Kuss zärtlich. In diesem Moment klingelt es an der Tür, gefolgt von einem Poltern, als würde jemand mit der Faust gegen die Tür schlagen.

«Aufmachen, Kantonspolizei Bern! Wir wissen, dass Sie hier sind, Speranza!»

Die beiden erschrecken und schiessen umgehend vom Sofa empor.

«Was soll das, was hast du angestellt?!», schreit sie ihn an.

«Nichts, wirklich nichts», rechtfertigt er sich.

Ein Knall ertönt. Mit einem Rammbock reisst das Sonderkommando Enzian die Haustür aus dem Rahmen. Eine Horde Polizisten der Spezialeinheit stürmt augenblicklich die Wohnung. Speranza wird auf den

Boden geschleudert und am Rücken fixiert. Sekunden später sind mehrere Maschinengewehre auf ihn gerichtet.

«Valentin Speranza, Sie sind verhaftet. Sie werden des Mehrfachmordes verdächtigt. Sie haben das Recht die Aussage zu verweigern.»

Caruso beginnt die Beamten anzuschreien, was das soll, was sie hier wollen. Sie versucht zu erklären, dass das alles ein Missverständnis sein müsse, doch all das ist vergeblich. Die Enzian-Beamten ignorieren sie. Einige von ihnen beginnen umgehend damit die Wohnung auf den Kopf zu stellen und alles zu durchsuchen. Mosimann betritt unterdessen die Wohnung. Er läuft direkt auf Caruso zu.

«Was soll das?!», schreit sie ihn an.

«Sie sind nicht in der Position Fragen zu stellen», faucht er zurück.

«Verdammt noch mal, das ist meine Wohnung und ich arbeite für Sie.»

«Sie hatten den Auftrag ihn zu therapieren und nicht ihn zu vögeln», kontert Mosimann forsch.

«Sie sind ein gottverdammtes Arschloch!», brüllt sie ihn an und spuckt ihm geradewegs ins Gesicht.

«Nehmt die Therapeutenschlampe fest», befiehlt Mosimann, worauf zwei Beamte den Befehl sofort ausführen und Caruso die Arme am Rücken fixieren.

«Das wird ein Nachspiel haben!», droht Caruso lauthals, während Speranza wortlos im Hintergrund abgeführt wird.

«Sie werden festgenommen, da Sie der Beihilfe zu einem Mehrfachmord verdächtigt werden», erklärt ihr der Polizist.

Mosimann kann sich ein Lächeln nicht verkneifen, als auch Caruso abgeführt wird. Er liebt es, wenn er einen Fall abschliessen kann, und hier hat er gerade zwei Fliegen mit einer Klappe geschlagen. Studer wird sich freuen, dass er alles so erfolgreich im Alleingang gelöst hat. Er freut sich schon darauf, wenn er ihr morgen mitteilen kann, dass beide Tötungsdelikte aufgeklärt sind und auch das Problem Speranza sich erübrigt hat. Während Caruso im Hintergrund ebenfalls abgeführt wird, zündet sich Staatsanwalt Mosimann eine Zigarre an. Es gibt zwei Momente, in denen ihm das Rauchen besonders viel Freude bereitet: nach dem Sex mit seiner Domina und nach einem erfolgreich abgeschlossenen Fall, wie es jetzt gerade der Fall ist. Einer der Beamten stellt sich vor ihn hin.

«Wir haben nichts in der Wohnung gefunden. Keine Waffen oder sonst etwas Verbotenes oder Verdächtiges. Einige Sexspielzeuge befinden sich auf dem Bett, das ist das einzige Aussergewöhnliche.»

Mosimann rümpft die Nase.

«Wir haben, was wir brauchen, den Mörder und seine Komplizin.»

Der Rest lässt sich zurechtbiegen, denkt er sich. Dann beginnt er zu lächeln, ein satanisch böses Lachen, als würde der Teufel sich gerade am Untergang der Welt ergötzen.

30

Tagebucheintrag von Maja: *Heute bin ich nicht auf der Höhe. Vor kurzem habe ich durch einen Freier, der bei der Justiz arbeitet, erfahren, dass ein Bekannter von mir brutal ermordet wurde. Es macht mich traurig und erinnert mich einmal mehr daran, in was für einer düsteren Welt wir doch leben. Als Domina bin ich in einer Grauzone tätig. Ich werde dafür bezahlt «Körperverletzung auf Wunsch» zu begehen. Wofür andere eine mehrjährige Haftstrafe erhalten, kriege ich Bargeld. Ich erinnere mich noch gut daran, wie alles angefangen hat. Nach meiner Lehre in einem grossen Kaufhaus träumte ich von der grossen Liebe. Als mir binnen eines Jahres gleich drei Mal das Herz gebrochen wurde, schwor ich der Liebe ab. Ein gewisser Hass staute sich bei mir an. Ich spürte den Drang meine Exfreunde zu bestrafen, am liebsten zu foltern. Zuerst bereitete es mir Angst, dass ich zu solchen Gedankengängen fähig war, und zugleich erschreckte es mich, dass mir die Vorstellungen darüber sogar ein Lächeln ins Gesicht zauberte. Kurze Zeit später entdeckte ich einen Artikel in der Zeitung. Ein zweiseitiges Interview mit einer Domina zeigte Einblicke in eine sonst sehr verschlossene Welt. Ich begann mich für die Sadomaso und BDSM-Szene zu interessieren. Es sprach mich direkt an. Nach einigen Recherchen über die Szene fand ich heraus, dass es offizielle Ausbildungen gab, um diesen «nicht alttäglichen Beruf» zu erlernen. Meiner Familie habe ich davon nichts erzählt. Mein Vater interessierte sich seit Jahren sowieso nur für seinen Schnaps und meine Mutter für das Teleshopping im Fernsehen. In meiner Ausbildung lernte ich alles Wissenswerte. Wie ich jemand professionell fesseln und welche Sexutensilien ich für was gebrauchen kann. Wohin und wie intensiv ich meine Kunden schlagen darf. Wie ich mich rechtlich absichern kann und wann genau ich bremsen muss, auch wenn der Kunde noch mehr Schmerz fordert, um nicht seine Gesundheit ernsthaft zu gefährden. Wieso es Menschen gibt, die dafür zahlen, dass man ihnen Schmerzen zufügt, das ist mir bis heute ein Rätsel geblieben, doch bin ich einfach nur froh darüber, denn dank dieser Schmerzsucher darf ich mich ausleben, ohne mit dem Gesetz in Konflikt zu geraten, und das Ganze rentiert auch noch.*

Ich liebe meinen Job und ich liebe es das Kommando zu haben. Manchmal, wenn ich erkenne, dass ich etwas zu wenig hart mit dem Kunden umgehe, wieso auch immer, denke ich an die Zeit nach meiner Lehre im Kaufhaus zurück. An die Zeit, als ich Dummchen mit mir machen liess, was die Kerle von mir wollten. Ich gehorchte wie ein Pudel und lief ihnen ebenso dumm-treu hinterher. Doch heute ist alles anders. Ich habe die Führung und ich bestimme, was und wie es gemacht wird. Heute laufen mir die Typen hinterher und das erst noch auf allen Vieren. In den letzten Jahren habe ich mir eine rentable Stammkundschaft aufgebaut. Ein gewisser Staatsanwalt kommt besonders oft zu Besuch. Er ist ein besonderer Freier. Einer der wenigen, den ich auch mal den dominanten Part übernehmen lasse.

Keiner ausser ihm darf mich am Ende hart nehmen, nur er kriegt ab und zu die Erlaubnis, das Kommando zu übernehmen. Nicht, dass ich mich nach meiner Pudel-Zeit zurücksehne in solchen Momenten, aber manchmal lasse auch ich mich gerne fallen, mich hemmungslos durchficken wie eine Strassenhure. Bin ich versaut? Oh ja, das bin ich tatsächlich. Bin ich böse? Diese Frage kann ich nicht beantworten. Auch wenn ich böse Gedanken habe und auch wenn ich im Einvernehmen böse Taten begehe, so breche ich keine Gesetze oder schade anderen, ohne dass sie es nicht wollen. Würde ich mir ein anderes Leben wünschen? Nein, es soll so bleiben, wie es ist, und auch wenn ich gerade ein Tief habe, da ein Bekannter von mir gestorben ist, ich werde weitermachen, mit all den Gefahren im Rücken, denn ich liebe es in der Dunkelheit zu arbeiten. Ich bin ein Teil von ihr, ich bin böse. Oh ja, ich kann und will böse sein.

31

Mosimann ist soeben in seinen Mercedes eingestiegen. Er spielt mit dem Gedanken seinen heutigen Erfolg bei Maja zu feiern, als gerade sein Telefon klingelt.

«Mosimann. Was? Wann und wo?»

Wie wild beginnt der Staatsanwalt mit seinen Fäusten gegen das Steuerrad zu hämmern. Soeben wurde eine weitere Leiche gefunden: ein junger Stricher namens Lucas. Seine Leiche wurde von einem Jogger im Stadtwald entdeckt. Der Mord soll sich heute Abend ereignet haben. Der Supergau, denkt sich Mosimann. Dieses Tötungsdelikt durchkreuzt gerade seinen diabolischen Plan, denn er entlastet automatisch Speranza. Wenn sich herausstellt, dass sich der Mord zu dem Zeitpunkt ereignet hat, als sich dieser mit seiner Psychiaterin in deren Wohnung vergnügt hat oder sie sogar bereits verhaftet worden sind, hätten Speranza und Caruso ein Alibi. Ein gewiefter Anwalt würde ein leichtes Spiel haben, die beiden aus der Untersuchungshaft zu befreien.

«Ja, ich komme direkt zum Tatort», blafft Mosimann den Polizeibeamten am anderen Ende der Leitung an.

Die Reifen des Mercedes drehen kurz durch, als Mosimann das Gaspedal ganz nach unten drückt und schliesslich mit vollem Karacho davonfährt. Unterwegs entschliesst er sich dazu, nun doch besser Studer anzurufen. Bereits nach dem zweiten Klingeln geht sie ran. Ohne Begrüssungsfloskeln kommt er direkt auf den Punkt. Er beginnt vom gestrigen Fund zu erzählen, von der toten Frau, die von ihrer Schwester gefunden wurde. Danach informiert er sie über die Neuigkeiten von Funk, laut denen Speranza doch kein Alibi für die erste Mordnacht gehabt hat. Zudem habe sich herausgestellt, dass der ehemalige Strafgefangene ein intimes Verhältnis zu seiner Psychiaterin pflegt, was im Nachhinein auch erkläre, warum er auf diese spezielle Therapeutin bestanden hätte und wodurch eine Beihilfe zum Mord nicht ausgeschlossen werden könne. Aufgrund der Grausamkeit des Deliktes und der Vorgeschichte Speranzas habe er sich entschlossen ihn festzunehmen. Als ihm Caruso ins Gesicht spuckte, liess er auch sie festnehmen und sogleich beide auf die Wache bringen.

«Martin, verdammt nochmal, wieso erfahre ich das alles erst jetzt? Du weisst, wie sehr ich es hasse, wenn jemand eigenmächtig handelt.»

«Ja, du hättest die Verhaftung verhindert.»

«Das hätte ich!», schreit Studer erbost ins Telefon, «und das auch zurecht, denn es gibt keine Beweise dafür, dass Speranza nur das Geringste mit der Zürcher Mordserie zu tun hat. Auch wenn er seine Psychiaterin vögelt, macht ihn das noch nicht automatisch zum Mörder und sie zu seiner Komplizin.»

Mosimann rast an einer roten Ampel vorbei. Er hasst solche Telefonate und noch mehr hasst er es, wenn ihn eine weibliche Person behandelt, als sei er ein Kind. Seine Gedanken schweifen umgehend ab zu Maja, die er nach diesem Scheisstag erneut besuchen wird. Er muss Druck abbauen, ganz dringend, er spürt es, er giert nach ihr. Mit jedem weiteren gereizten Wort, welches ihm Studer an den Kopf schmeisst, vergrössert sich sein Verlangen.

«Hast Du mir sonst noch was zu erzählen?», hakt Studer in etwas ruhigerer Stimmlage nach.

«Ich fahre soeben zu einem weiteren Tatort, denn es wurde bereits die nächste Leiche gefunden.»

Studer atmet laut aus, danach muss sie kurz ungewollt lachen.

«Lass mich raten, der Mord hat sich ereignet als Speranza bereits verhaftet war? Darum rufst du mich überhaupt an, weil du genau weisst, dass du Scheisse gebaut hast.»

Mosimann schweigt als Bestätigung.

«Und wer ist das Opfer?»

«Irgendein Stricher. Man nennt ihn in der Szene Lucas. Er bietet seinen Hintern seit einigen Jahren für Geld an. Fickt wohl irgendwelche verzweifelte alte Hausfrauen und notgeile alte Böcke.»

Am anderen Ende der Leitung wird es still.

«Gabriella, bist du noch da?»

«Ja …»

«Willst du ebenfalls zum Tatort kommen?»

Studer beendet das Telefonat, ohne zu antworten. In ihr kommt eine gewaltige Nervosität auf. Ihre Welt beginnt zu brennen. Gestern erst lag sie in den Armen von Lucas und heute soll er tot sein? Die Justizdirektorin beginnt am ganzen Körper zu zittern. Umso mehr, als ihr bewusst wird, dass sie nun privat in den Fall hineingezogen wird, denn würde man nun intensiv ermitteln und dabei die Vergangenheit, insbesondere die letzten Wochen und Tage von Lucas überprüfen, so auch seine letzten Kundinnen und Kunden. Zwar hat Studer sich unter einem falschen Namen mit dem jungen Callboy getroffen, doch das Hotelzimmer hat sie auf ihren richtigen Namen gebucht. Sie hatte die Rechnung wohlbedacht cash bezahlt, damit ihr Mann von der Buchung am Ende des Monats nichts mitbekam, doch das würde nun auch nicht helfen, da sie namentlich im Plaza registriert war und sicher auch auf den Aufnahmen der

Videoüberwachung zu sehen ist. Zudem hat sie ihn zwar unterdrückt, aber doch mit ihrem eigenen Handy angerufen, allein dafür könnte sie sich gerade selbst ohrfeigen.

«Verdammte Scheisse!», rutscht es ihr heraus.

Sie hasst es, wenn etwas nicht nach Plan verläuft. Ihr bleibt nichts anderes übrig, als Mosimann um Hilfe zu bitten. Er ist ein harter Hund, aber auch dafür bekannt, gewisse Fehler wieder so zurechtzubiegen, sodass sie nicht mehr ersichtlich sind. Sie holt das Smartphone hervor, um mit dem Berner Polizeichef zu telefonieren. Da Speranza und Caruso noch keine vierundzwanzig Stunden inhaftiert sind, wurde bestimmt noch kein Antrag auf Untersuchungshaft beantragt. Sie muss nun dafür sorgen, dass beide schnellstmöglich wieder entlassen werden, auch wenn sie es als Irrtum der Justiz eingestehen muss. Somit kann sie Mosimann den Hintern retten und hat automatisch etwas gut bei ihm, was sie dann direkt ausnutzen wird, damit er sie aus dieser verzwickten Situation mit dem Stricher retten kann.

Bereits eine halbe Stunde später ist alles geklärt. Caruso und Speranza werden in Bern umgehend aus der Zelle entlassen. Die Berner Kollegen waren alles andere als erfreut über das Fiasko der Zürcher und das erst noch in ihrem Gebiet! Die Berner Kantonspolizei wird sich im Namen der Zürcher Justiz bei den beiden entschuldigen und ihnen erklären, dass es sich um ein Missverständnis gehandelt hat. Für die kaputte Haustür und das Chaos in Carusos Wohnung werde man selbstverständlich mit einer Entschädigung aufkommen. Caruso wird zudem aufgeboten, morgen in Zürich bei Studer im Büro anzutraben, damit die weiteren Schritte geklärt werden können. Studer ist davon überzeugt, dass die Affäre und auch die gemeinsame Verhaftung von gestern Nacht eventuell gar nicht so kontraproduktiv waren, denn nun haben sich die beiden verschmolzen und so hat erstmals jemand Zugang zu Speranza. Nun gilt es nur noch abzuklären, von Frau zu Frau, ob es nur Sex zum Zweck war, was man als eine nicht dem Usus entsprechenden Therapie abstempeln konnte, oder ob sich dummerweise doch Gefühle entwickelt haben, wodurch Studer Caruso dann doch wider Willen vom Fall abziehen müsste.

Kaum ist alles erledigt, bittet Studer Mosimann per SMS um ein Treffen. Im alten Englischpub, nicht unweit vom Sihlquai entfernt. Eine Lokalität, in der sich die beiden meistens vor den Festtagen treffen, um auch mal im privaten Rahmen anzustossen. Meist sind die Treffen kurzangebunden und beide sind im Nachhinein froh, wenn sie es überstanden haben, denn ausserhalb ihrer Arbeit finden sie nur selten ein Gesprächsthema. Mosimann willigt dem Treffen per Whatsapp nur wenige Sekunden später mit einem Daumen hoch ein.

Caruso steht unterdessen am Schalter der Kantonspolizei Bern beim Waisenhausplatz. Sie erhält dort ihre Effekte zurück, die lediglich aus Hausschlüssel, Schuhen und Schmuck bestehen. Speranza kommt ebenfalls dazu. Er erhält ausser einem Halstuch und seinem Gurt nichts Weiteres. Mit einem gereizten Blick weist Caruso Speranza an, dass er ihr nach draussen folgen soll. Von der Polizistin hinter dem Schalter verabschiedet sich keiner der beiden, zu gereizt ist die Stimmung. Auf dem Waisenhausplatz angelangt umarmt sie ihn.

«Ich dachte zuerst wirklich, dass du etwas angestellt hast. Es tut mir leid, all meine bösen Gedanken, die waren nicht fair», entschuldigt sie sich.

Speranza betont nochmals, dass er sich seit seiner Entlassung nichts habe zu Schulden kommen lassen. Sein Gesichtsausdruck verrät jedoch, dass es in seinem Kopf rotiert. Irgendetwas beschäftigt ihn, das spürt Caruso klar und deutlich.

«Was ist los? Irgendetwas geht dir durch den Kopf.»

«Mosimann», antwortet er knapp.

«Der Staatsanwalt? Was ist mit dem?»

Nach kurzer Überlegung beginnt Speranza zu erzählen. Als er vor sechzehn Jahren nach dem russischen Knast in die Schweiz überstellt wurde, gab es eine Prüfung seines Falls. Man wollte sichergehen, da es sich bei Speranza um einen ehemaligen Bundesangestellten handelte, dass sich bei der Verurteilung in Russland auch alles mit rechten Dingen zugetragen hat. Mosimann, damals noch jünger und komplett karrieregeil, bekam die

Leitung dieser Prüfungskommission zugeteilt. Nach einem Monat verfasste er seinen Prüfungsbericht, in dem er das Urteil und das ganze Verfahren als hochkorrekt bezeichnete. Die Beweislast sei erdrückend, das Verfahren fair gewesen und es gäbe keine Zweifel an der Schuld des Verurteilten. Zudem legte er ein Aktengutachten bei, das Speranza als gefährlichen Soziopathen bezeichnete. Dank diesem Fake-Gutachten wurde der ehemalige Agent dann auch als gemeingefährlich eingestuft. Man konnte ihn von da an problemlos im Pöschwies verwahren.

«Und so hast du es rausgeschafft? Du hast nach all den Jahren das Gutachten angefochten und es geschafft die Diagnose zu widerlegen?»

«Ja, zum einen das und zum anderen fand ich einige Verfahrensfehler. Das alles in Kombination brachte mich aus der Verwahrung raus», erklärt Speranza resigniert.

«Und nun will dich dieser Mosimann von der Strasse haben, da er befürchtet, du könntest ihm seine Manipulationen nachweisen und seine Karriere ruinieren. Sehe ich das richtig?»

«Ja genau, du hast damit den Nagel auf den Kopf getroffen. Er zittert um seinen Stuhl. Wer weiss, vielleicht befürchtet er noch mehr, denn er weiss, wozu ich fähig bin oder wozu ich zumindest fähig war in der Vergangenheit.»

«Es ist aber schon ein Zufall, dass sich gerade jetzt eine Mordserie ereignet, die, sagen wir mal dem, was man dir vorgeworfen hat, nicht gerade unähnlich ist.»

«Das stimmt. Das ist wirklich ein verdammt grosser Zufall», gesteht Speranza, während ihn genau dieser Umstand nachdenklich stimmt.

Gemeinsam schlendern die beiden in Richtung Viktoriaplatz zu Carusos Wohnung. Sie sind erschöpft und haben die ganze Nacht kein Auge zugemacht. Sie haben hunderte Szenarien im Kopf durchgespielt, wie es nun weitergehen kann und was überhaupt geschehen sein könnte.

«Und nun, Valentin, wie willst du diesen Mosimann loswerden? Wenn er es einmal probiert hat, dich wieder in den Knast zu retournieren, so kann er es jederzeit wieder versuchen. Der wird wohl kaum Ruhe geben. Und wenn diese Mordserie nicht bald aufgeklärt wird, dann wird Mosimann alles daran setzen es dir anzuhängen.»

«Ja, das stimmt. Am besten finde ich diesen Serienmörder selbst und liefere ihn der Justiz aus. Denn solange der kranke Mistkerl weitermordet, werden sie auch mich oder, entschuldige, auch uns streng im Auge behalten. Oder wie du es richtig sagst, sie hängen mir auch das am Ende noch an und nochmals lasse ich sowas nicht mit mir machen.»

Sie greift nach seiner Hand. Die nächsten zwei Minuten spaziert sie wortlos an seiner Seite, bis sie ihn plötzlich von einem Moment auf den anderen loslässt.

«Du hast recht, lass uns diesen gottlosen Psychopathen selbst fangen. Ich bin dabei.»

32

Mosimann sitzt bereits in der Ecke des Pubs, als Studer im Stechschritt hereintritt und sich durch die Feierabendmeute durchzukämpfen beginnt. Das Lokal ist heute besonders gut besucht, was wohl am Fussballspiel liegen muss, welches im Hintergrund auf den Bildschirmen gezeigt wird. Der FC Zürich hat soeben gegen Genf ein Tor geschossen. Zudem ist gerade Happy Hour und das Bier fliesst in doppelten Mengen. Mosimann nippt bereits an seinem zweiten Glas, was Studer direkt ins Auge sticht, denn ein leeres Bierglas steht neben dem vollen.

«Treffen wir uns neuerdings auch ausserhalb der Feiertage hier oder hast du mich einfach nur vermisst?»

Studer lässt sich auf den Stuhl fallen, bestellt mit einem Nicken beim Barkeeper des Vertrauens das Übliche, streift sich ihre Herbstjacke von der Schulter und beginnt schlussendlich damit, ihren strengen Blick aufzusetzen.

«Martin, mir ist nicht nach scherzen zumute. Was dein Desaster mit Speranza und Caruso betrifft, habe ich bereits alles geregelt. Die beiden befinden sich wieder auf freiem Fuss. Caruso wird zudem morgen bei mir im Büro antraben, ich werde sie dort von Frau zu Frau in die Mangel nehmen.»

«Du hast was? Ich kann meine Fehler auch gut selbst ausbügeln, das weisst du. Wenn ich ein Kindermädchen brauche … ach, vergiss es.»

Mosimann nippt genervt an seinem Bier. Nicht, dass er nicht mit Studers Unterstützung gerechnet hat, doch dass sie so schnell und erst noch im Alleingang alles regelt, das ist neu und irgendwie, Mosimann weiss nicht, wieso er auf dieses Wort kommt, irgendwie ist es auch verdächtig.

«Und womit habe ich diese Geste deiner Gutmütigkeit überhaupt verdient?», fragt er mit einem künstlich aufgesetzten Lächeln.

Studer sackt zusammen. Sie lässt die Schultern hängen und macht von einem Moment auf den anderen einen äusserst instabilen Eindruck. Mosimann hat normalerweise kein gutes Gespür, geschweige denn verfügt er über so etwas wie Feingefühl, doch auch wenn er Studer in Wahrheit nicht mag, ein Unmensch ist er nicht und jetzt spürt er gerade deutlich, dass etwas ganz und gar nicht stimmt. Er entschliesst sich daher ihr heute mal ausnahmsweise seine freundliche Seite zu offenbaren.

«Gabriela, was ist los? Raus damit.»

Es geht um diesen Mord ...», beginnt sie zögerlich.

«Ja, die Frau wurde wirklich böse misshandelt und wo er ihr die abgeschnittenen Finger überall platziert hat, war auch für mich brutal. Der Täter wollte sein Opfer eindeutig blossstellen.»

«Ich rede nicht davon. Dieser Lucas ...»

«Der Stricher?», unterbricht Mosimann erstaunt.

«Ja.»

«Was beschäftigt dich da? Hast du mal gegen ihn ermittelt?»

Studer fliessen die Tränen herunter, der Nase entlang über die Lippen und dann übers Kinn auf den Tisch. Plötzlich beginnt alles aus ihr herauszusprudeln, in etwa so, wie gewisse Beschuldigte es normalerweise bei der Staatsanwaltschaft machen, wenn sie, um Strafmilderung zu erhalten, urplötzlich geständig werden. Studer berichtet Mosimann von ihrer unterkühlten Ehe, davon, dass auch eine Frau ein Verlangen hat und dass sie sich auf Lucas eingelassen hat und das dummerweise kurz vor seiner Ermordung. Mosimann hat mit vielem gerechnet, doch mit sowas nicht im Geringsten. Nie hätte er seiner Chefin so etwas zugetraut. Für ihn war sie stets die brave, hochkorrekte Justizdirektorin, die nie etwas tun würde, was nur im Entferntesten ihrem Ruf schaden könnte.

Zuerst überkommt ihn ein Hauch von Schadenfreude, als er von dem Desaster seiner Vorgesetzten erfährt, je mehr sie jedoch erzählt, umso mehr erinnert sie ihn an sich selbst. Er kennt das Gefühl, denn auch er flüchtet wöchentlich zu seiner Domina des Vertrauens. Auch wenn er sich bisher stets belastendes Material gegen Studer gewünscht hat, um sie vom Justizthron zu fegen, das hier wird er für sich behalten und er wird ihr helfen, das Ganze zu vertuschen. Wieso er das macht? Weil er sie versteht. Er fühlt sich erstmals mit ihr verbunden und zum ersten Mal erkennt er die Möglichkeit, dass sie beide doch nicht so verschieden sind, wie er bislang geglaubt hat. Der Zürcher Polizeichef Wenger ist glücklicherweise ein guter alter Freund, der ihm schon mehrfach geholfen hat, die Akten zu säubern. Sowieso muss er heute bei der Zürcher Kantonspolizei vorbei, um mit der Abteilung «Leib und Leben» den neusten Stand zu besprechen, da wird Mosimann gleich Wenger in seinem Büro besuchen und ihn in das Geheimnis einweihen. Das Ganze muss gut geplant werden, denn ab heute werden die Medien sich komplett auf die Zürcher Mordserie stürzen. Da werden auch die kleinsten Informationen plötzlich rentabel und nicht selten bessert sich auch mal ein Mitarbeiter der Justiz, meist sind es Polizeibeamte, ihre private Kasse auf, indem sie einige Informationen an die Boulevardpresse verticken.

«Mach dir keine Sorgen, Gabriela», sagt er mitfühlend. «Ich werde dafür sorgen, dass davon nichts in den Akten stehen wird, sollte es überhaupt erst in der Untersuchung auftauchen. Das, was dir passiert ist, hätte jedem passieren können. Um ehrlich zu sein auch mir.»

Studer greift nach ihrem Glas, das soeben an den Tisch serviert worden ist. Die beiden stossen zusammen an. Sie lassen den Abend ausklingen und besprechen bereits vorgängig das weitere Vorgehen im Fall der «Zürcher Mordserie».

Unterdessen in Bern. Er sitzt auf einem Ledersessel und lässt die letzten Tage in seinem Kopf nochmals Revue passieren. Jeden Mord geht er in Gedanken nochmal akribisch durch. Bisher hat er keinen Fehler gemacht. Es ist alles reibungslos und stets nach Plan verlaufen. Lautes Gerede unterbricht seine Gedankengänge. Hastig schiesst er aus seinem Ledersessel und läuft durch das kleine vollgestellte Wohnzimmer hindurch zum Fenster, aus dem er sich nach draussen lehnt, um die Herkunft der Stimmen zu eruieren. Elisa Aeschbacher, seine Nachbarin. Er hat es schon beinahe vermutet. Sie hat gerade wieder einen ihrer cholerischen Anfälle. Mitten in der Gasse schnauzt sie zwischen all den Passanten ihren Ehemann Klaus an. Er sei ein Schlappschwanz sondergleichen, er verdiene es nicht an ihrer Seite zu sein, diesmal sei es zu Ende. Sie werde ihn in den Wind schiessen und ausziehen. Nicht einmal die Einkaufstasche sei er fähig zu tragen.

Er hasst es: die Art, wie sie mit ihrem Mann spricht. Er hört es: den Hilferuf. Es ist nun seine Aufgabe auch andern zu helfen, das weiss er genau. Sein Leben ist gesäubert, nun muss er sich dem der anderen widmen, dazu fühlt er sich berufen. Dieser Klaus braucht dringend Hilfe. Seine Frau muss eliminiert und gedemütigt werden, damit auch Klaus wieder ein friedvolles Leben hat. Er weiss es. Er kennt es. Und er wird es seinem Nachbarn ermöglichen. Jeden Mittwochabend geht Klaus mit seinem Kegelclub aus. Das wird die Chance sein, um seine Nachbarin allein zu Hause anzutreffen. Nun muss er sich lediglich noch eine Masche einfallen lassen, damit er von ihr den Einlass gewährt bekommt, doch das wird kein Problem sein, denn die hellste Leuchte auf Erden ist seine Nachbarin nicht. Er freut sich bereits jetzt darauf, sie zu erwürgen und sie danach mit dem Metzgermesser seines Vaters aufzuschneiden. Bei ihr wird er ein besonderes Blutbad anrichten, sie demütigen, so sehr es nur möglich ist. Danach wird es zusätzlich interessant, nämlich dann, wenn die Polizei zu ermitteln beginnt. Sie werden ihn als direkten Nachbarn sicherlich befragen. Es wird unterhaltsam sein, endlich mal ein Teil der Ermittlungen zu werden. Vielleicht lässt sich so auch etwas über den Stand der Ermittlungen erfahren? Denn manchmal trifft man bei solchen Befragungen auf einen gesprächigen Polizisten, der dann gerne auch mal die eine oder andere Einzelheit verrät. Er freut sich auf das, was kommt, und er hofft, dass es noch lange dauert, bis man ihm auf die Schliche kommt, respektive bis man ihn fasst.

33

Tagebucheintrag Jennifer Caruso: *Nach unserer separaten Nacht in der Gefängniszelle und nachdem wir beschlossen haben uns auf die Jagd nach dem Psychopathen zu machen, sind wir zuerst bei mir zu Hause eingekehrt. Wir haben uns beide nach einer Dusche gesehnt, doch noch mehr als nach dem heissen Wasser nach unseren nackten Körpern. Ich mich nach seinem kräftigen Oberkörper, seinem harten Schwanz und er sich nach meinen prallen Brüsten und meinem Hintern. Unter der Dusche haben wir damit begonnen uns gegenseitig einzuseifen. Meine Hände glitten zuerst in seine Haare, danach zu seinem Hals. Bei seiner Brust habe ich meine Hände besonders langsam und kreisförmig bewegt. Danach bin ich weiter nach unten gerutscht, wo ich dann etwas intensiver zu reiben begonnen habe. Währenddessen hat er mir die Haare mit Shampoo eingerieben. Zwar nicht so, wie ich es selbst gemacht hätte, doch das wäre dann doch etwas zu viel verlangt von einem Mann, dass er auch das perfekt hinbekommt. Während meine Haare durch den Wasserstrahl und das Shampoo schäumten, startete er damit, meine Titten mit Duschgel einzucremen. Bei den Nippeln war er besonders zärtlich, beinahe schon ungewohnt zärtlich. Danach widmete er sich meiner Vagina, dabei glitt er zuerst mit einem, nachher mit zwei und am Ende sogar mit drei Fingern hinein. Es erregte mich, die Kombination zwischen heissem Wasser, Shampoo, den Berührungen und meinem maskulinen Einseifer.*

Nach dem Duschen trockneten wir uns gegenseitig ab, aber wir kamen nicht weit. Zu sehr waren wir bereits in Fahrt und zu sehr haben wir uns gegenseitig geil gemacht, als dass wir uns auch nur einen Augenblick mit Unwichtigkeiten fern von Sex hätten beschäftigten können. Wir fingen an wild herumzuknutschen. Umschlungen kämpf-

ten wir uns aus dem Badezimmer heraus ins Wohnzimmer, wo er mich gegen den Küchentisch drückte. Seine Berührungen wurden fester. Sein Umgang mit mir wurde gröber, genauso wie ich es mir wünschte. Kein Blümchensex. Wildes, heisses, hemmungsloses Ficken. Unerwartet hob er mich an und setzte mich auf den Esstisch. Er duckte sich auf die Knie und begann, gierig meine Muschi zu lecken. Seine Zunge bewegte sich wild hin und her, von links nach rechts, von oben nach unten. Einige Minuten später erhob er sich, steckte mir seine Finger in die Vagina und küsste mich gierig, als wolle er mich von Kopf bis Fuss verschlingen. Ich wurde in diesem Moment nicht nur feucht, sondern wortwörtlich nass. Gerade als ich so richtig in Fahrt gekommen war und bereits vor dem Orgasmus stand, riss er mich vom Esstisch herunter, drehte mich um, beugte mich über die Tischplatte und presste mir seinen harten Schwanz von hinten rein. Ich stöhnte dabei laut auf. Lauter als sonst, das gebe ich zu. Er fickte mich hart von hinten, so dass meine Vorderseite durch seine heftigen Bewegungen immer wieder gegen die Tischplatte prallte. Die Mischung aus Schmerz und Erregung, das war genau der

Cocktail, den ich brauchte, von dem ich nie genug bekommen werde, der mich zur Sexoholikerin macht. Irgendwann während seiner harten Stösse konnte ich den Orgasmus nicht mehr herauszögern. Ich habe gekreischt, nein geschrien, als er während meines Höhepunktes zeitgleich in mich hineinspritze. Wir kamen an diesem Tag erstmals synchron und es fühlte sich gut, nein, es fühlte sich geil an. Wir hatten mit diesem Quickie ein neues Level erreicht. Ich fühlte mich noch mehr mit ihm verbunden als schon zuvor. Scheiss auf das Vernünftigsein. Scheiss auf die Anstandsregeln. Scheiss auf meinen Auftrag. Mir ist alles egal, solange wir zusammen sein können und er es mir besorgt, immer und immer wieder. Oh mein Gott, ich bekomme einfach nicht genug von diesem Mistkerl.

34

Mosimann sitzt auf dem Stuhl im Büro vom Zürcher Polizeichef Josef Wenger. Die beiden haben sich länger nicht mehr persönlich getroffen. Meistens kommunizierten sie die letzten Monate telefonisch oder per E-Mail, auch wenn sie sich seit zwei Jahrzehnten bestens auch im Privaten vertraut sind. Wenger berichtet zum Start der Sitzung über den Stand der Ermittlungen. Es sei dramatisch. Die Spurensicherung habe keine DNA-Spuren sicherstellen können. Keines der Opfer wurde missbraucht. Es waren reine Tötungsdelikte ohne sexuellen Hintergrund. Vieles spreche für einen Rachefeldzug, man könne aber anhand der Spurenbeseitigung auch von einem Profi ausgehen. Das Schwierigste sei es, dass zwischen den Opfern bisher keine Verbindung festgestellt werden konnte. Die Befragungen der Angehörigen sind bisher ebenfalls allesamt im Sande verlaufen. Keine hilfreichen Informationen seien bisher eingetroffen, nicht einmal Verdächtigungen geäussert worden, ausser im Fall der toten Nutte und ihrem Zuhälter, da seien Worte wie «Mafia» und «Racheengel» gefallen, doch das seien nicht ernstzunehmende Gestalten aus dem Milieu gewesen, die hinter jedem Vorfall gleich eine Verschwörung und Grösseres vermuten und solchen Unsinn ausgesprochen haben.

Seit heute Morgen sind die Zeitungen gefüllt mit Schlagzeilen rund um die Zürcher-Mordserie und wie Mosimann vermutet hat, wird bereits von einem Serienkiller gesprochen. Die Panik in der Bevölkerung ist gross und die Kommentare im Internet, die man unter den Artikeln der Morde findet, zeigen klar, dass enormer Druck entstehen und nun auch die Politik ein Auge auf die Zürcher Justiz werfen wird. Ein SVP-Bundesrat hat sich heute bereits über Radio zum Fall geäussert, dabei betonte er mehrfach, dass man alles nur Mögliche unternehmen werde, um diese Bestie zu stoppen. Leicht gesagt, wenn man es nicht selbst machen muss. Das Unverständnis ist vorprogrammiert, wenn man der Öffentlichkeit den enttäuschenden Stand der Ermittlungen bekanntgeben wird.

«Josef, wir müssen dieses Monster fassen. Uns läuft die Zeit davon. Wir brauchen etwas Handfestes. Wir müssen wenigstens Verdächtige festnehmen können, den Anschein erwecken, dass wir in Bewegung sind», äussert Mosimann.

«Ach, Martin, wir machen alles, was in unserer Macht steht, das weisst du genau, doch zaubern können wir nicht. Die Bestie wird bald einen Fehler machen und dann packen wir ihn an den Eiern und lassen ihn nicht mehr los.»

Mosimann hofft, dass Wenger recht behält. Dann beginnt er die Callboy-Affäre von Studer und die damit verbundene Problematik offenzulegen. Er versucht sich so kurz wie nur möglich auszudrücken.

«Du nimmst mich auf den Arm, oder? Sag bloss, Studer hat es sich von einem Stricher besorgen lassen?»

Wenger beginnt lauthals zu lachen. Mosimann zieht mit, obschon er noch immer aufrichtiges Mitleid für Studer fühlt.

«Oh, Martin, schick Gabriela nächstes Mal zu mir, ich besorg es ihr kostenlos. Ihr Knackarsch ist mir bereits bei den Wahlen ins Auge gestochen.»

«Stopp», unterbricht Mosimann. «Sie ist immer noch unsere Vorgesetzte und wir dürfen nicht vergessen, dass sowas auch uns hätte passieren können. Oder muss ich dich an deinen Vorfall mit den Thai-Nutten an der Langstrasse erinnern? Den mussten wir auch feinsäuberlich unter den Teppich kehren. Stimmt's?»

Wenger wird still. Wenn es um die eigene Haut geht, scheint sein Humor an seine Grenzen zu stossen, und augenblicklich wird ihm bewusst, dass auch ihm das Gleiche beinahe vor zwei Jahren passiert wäre, als er sich nach einer Sauftour im Zürcher Kreis 4 auf eine thailändische Prostituierte eingelassen hat, die ihm dann peinlicherweise sein Arbeits-Smartphone und den Ausweis geklaut hat, um ihn zu erpressen. Klar hätte man es orten können, doch wären dann unzählige Fragen aufgetaucht, nur schon, wo das Smartphone entwendet worden ist. Wenger hat sich damals an Mosimann gewandt, der dann den Detektiv Funk ins Milieu eingeschleust hat, um diese Prostituierte zu suchen. Bereits nach zwei Tagen wurde dieser fündig. Wie Mosimann das Smartphone und den Ausweis zurückgeholt hat, weiss Wenger nicht und ehrlicherweise will er es auch nicht wissen.

«Also, wir werden Studer aus den Akten streichen lassen. Nichts davon sickert raus, sollte überhaupt etwas in diese Richtung bei den Ermittlungen zu Tage kommen. Haben wir uns verstanden?», unterbricht Mosimann Wengers Gedankengänge.

Die klaren Worte des Staatsanwalts sind bei seinem Gegenüber angekommen. Polizeichef Wenger versichert ihm, dass er sich persönlich darum kümmern wird, dass alles gelöscht wird, was irgendwie mit Studer in Verbindung gebracht werden könnte, sofern überhaupt etwas auftaucht.

Unterdessen nimmt Caruso an der Hohlstrasse im Büro der Justizdirektorin Platz. Die Begrüssung besteht aus einem Handschlag und einem kurzen Augenkontakt. Bevor Caruso sich zu den Geschehnissen äussern kann, ergreift Studer bereits das Wort.

«Schauen Sie, das, was ich jetzt sage, das sage ich als Frau und nicht als Justizdirektorin. Jedem von uns kann so etwas mal passieren. Ein kleiner Ausrutscher. Ein kleines Abenteuer. Sich mal auf den Falschen einlassen, mal schwach werden. Doch verdammt nochmal nicht bei so einem heiklen Fall! Was haben Sie sich nur dabei gedacht?»

«Wobei?», kontert Caruso selbstbewusst und schon beinahe schnippisch.

«Dass Sie mit Speranza gevögelt haben.»

«Wer behauptet sowas? Namen und Adresse bitte, damit ich meinen Anwalt Valentin Landmann kontaktieren kann, um eine Anzeige wegen übler Nachrede aufzugeben.»

«Sie streiten es also ab? Ach, kommen Sie.»

Caruso blickt unbeeindruckt in Studers Augen.

«Sie haben mir gesagt, dass es eine unkonventionelle Therapie werden soll. Ich habe mich ins Zeug gelegt und Speranza zu mir nach Hause zum Abendessen eingeladen, einzig um sein Vertrauen zu gewinnen. Ich gebe zu, das ist aussergewöhnlich. Wir haben uns nach dem Abendessen einen Film angesehen. Ich war gerade dabei mehr über ihn zu erfahren, als ihre Bande von uniformierten Affen in meine Wohnung gestürmt ist und alles vermasselt hat.»

Studer ist baff. Entweder ist Caruso durchtriebener und gewiefter, als sie vermutet hat, oder der unfähige Privatschnüffler von Mosimann hat wieder eine unkorrekte Information abgeliefert.

«Es gab Hinweise, dass Sie auch bei ihm im Kursaal übernachtet haben.»

«Hinweise? Haben Sie mich etwa beschatten lassen?»

Studer riecht die Falle, sie weicht umgehend aus.

«Nein, ach egal, vergessen Sie es. Sie sind also weiterhin an Speranza dran? Denken Sie, dass Sie es schaffen werden zu ihm durchzudringen und ihn zu bändigen?»

«Wenn Sie die Füsse stillhalten, dann bestimmt. Lassen Sie mich einfach in Ruhe meine Arbeit machen, in Ordnung? Und pfeifen Sie ihre Bulldogge Mosimann zurück, er hat bereits genug Schaden angerichtet in der Vergangenheit.»

«Wie meinen Sie das? Was hat er in der Vergangenheit angerichtet? Wovon sprechen Sie?»

Caruso erhebt sich und lässt den letzten Satz bewusst unkommentiert im Raum stehen. Ihr Plan hat hervorragend funktioniert. Speranza hatte recht, es waren nur Vermutungen, in Wahrheit weiss die Justizbehörde nicht mit Bestimmtheit von der Affäre. Nun werden sie sich eine Weile mit Spekulationen hüten. Das Vertrauen wäre zumindest stückweise wieder aufgebaut und nun konnte der eigentliche Plan beginnen, die Rehabilitierung Speranzas wie auch die Jagd nach dieser gottlosen Bestie. Studer bleibt auf ihrem Sessel sitzen, sogar als Caruso das Büro schon lange verlassen hat. Der letzte Satz beschäftigt sie noch immer. Wieso hat Caruso sie auf Mosimann angesprochen und was meinte sie damit, er hätte in der Vergangenheit bereits genug Schaden angerichtet? Ihr ist bereits seit Tagen aufgefallen, wie sehr er sich auf den Fall Speranza fokussiert. Mehr als bei anderen Fällen. Nicht, dass Studer die Mordserie nicht auch Sorgen bereitet, doch bei Mosimann spürt sie mehr als nur die Besorgnis um einen möglichen dunklen Fleck in der reinen Berufsweste. Wenn Caruso von der Vergangenheit spricht, weiss sie offensichtlich mehr, als sie bereits offengelegt hat. Ein Umstand, der Studer missfällt. Wenn es eine Verbindung zwischen Mosimann und Speranza gibt, muss sie sie so schnell wie möglich rausbekommen. Die Akten liegen zwar noch unter Verschluss, doch dank ein bisschen Vitamin B, Studer weiss schon genau wie, wird sie an die Akten kommen. Und sie weiss schon jetzt, dass dort irgendwie, in irgendeiner Form der Name Mosimann enthalten sein wird. Ihn persönlich darauf ansprechen will sie gar nicht erst versuchen, denn wenn es um die eigene Haut geht, mutiert noch so mancher Pudel zum Rottweiler, das weiss Studer genau.

35

Caruso und Speranza sitzen auf dem Bett im Kursaal. Vor ihnen liegt ein Papierblock, auf dem sie gerade all ihr Wissen über die Zürcher-Mordserie zusammenfassen, welches sie den Medien entnehmen konnten. Während Caruso im Internet nach weiteren Artikeln recherchiert, macht Speranza immer wieder neue Notizen. Bisher sind es nur wenige Zeilen. Auffällig erscheint den beiden, dass es drei Opfer sind, die keine Verbindung untereinander aufweisen. Hätten sich die Morde nicht binnen so kurzer Zeit ereignet, hätte man sie eventuell nicht einmal miteinander zu verbinden versucht. Anhand des Schweigens von Seiten der Justiz kann davon ausgegangen werden, dass keine DNA-Spuren festgestellt werden konnten. Ansonsten wäre das bereits grossspurig kommuniziert und als erste Spur an alle Medien weitergeleitet worden. Man muss kein Medienprofi und kein Justizbeamter sein, um bei dieser Mordserie zu erkennen, dass alle noch im Dunkeln tappen. Caruso legt ihr Smartphone zur Seite.

«Der Täter muss eine grosse Frustration in sich tragen. Wahrscheinlich hat er diese jahrelang nach aussenhin unterdrückt, bis es ihm irgendwann zu viel wurde. Nun bricht es aus wie ein Vulkan. Gut möglich, dass es auch einen Auslöser dafür gab. Jemand Nahestehendes ist verstorben, wodurch seine Hemmungen verloren gegangen sind, oder ein schlimmes Delikt hat sich ereignet und bei ihm den Startschuss entfacht. Es könnte auch ein nie verarbeitetes Trauma sein, das durch eine ähnliche Situation wie in der Vergangenheit ausgelöst wurde.»

«Dass er einen Knacks in der Schüssel hat, ist offensichtlich», sagt Speranza. «Mich erstaunt eher sein Fachwissen, dass schon beinahe an einen Profi erinnert, denn drei Morde in so kurzer Zeit zu begehen, ohne Spuren zu hinterlassen, das ist schon eine Leistung. Und auch wenn ich es nicht gerne ausspreche, doch dieser Umstand spricht bereits wieder für mich als Täter. Man könnte meinen, der Typ ist in der gleichen Branche tätig gewesen, wie ich einst.»

Caruso schweigt. Sie ist in ihr Smartphone vertieft.

«Hörst du mir überhaupt zu?», erkundigt er sich.

«Ja, entschuldige, Valentin. Ich schaue mich gerade auf Social Media um.»

«Auf Social-was?»

«Das ist ... ach, das erkläre ich dir später. Es ist eine Art Datenbank, die man einsehen kann, in die Personen ihre Daten freiwillig eingeben.»

«Und was hoffst du dort zu finden?»

«Ich habe bereits einiges gefunden, unter anderem die Namen der drei Opfer. Die Angehörigen haben bereits Trauerartikel gepostet. Nun suche ich alle Artikel sowie möglichst viel Fotos, bevor die Accounts der Toten plötzlich gelöscht oder gesperrt werden.»

Caruso downloadet alles bis hin zu Rückblicken, wo man die Opfer in Jugendjahren zu sehen bekommt. Wer weiss, vielleicht versteckt sich die Spur irgendwo in der Vergangenheit. Auch wenn sie weiss, dass das weithergeholt ist, eine andere Spur fällt ihr momentan nicht ein. Speranza erklärt unterdessen, dass er einen alten Freund auffinden muss. Dieser hat ihm einige versteckte Botschaften in die Haftanstalt zukommen lassen und ihn sogar einmal mit einem gefälschten Ausweis besucht. Bernhard Meier hat nie an der Unschuld seines ehemaligen Arbeitskollegen gezweifelt. Während vier Jahren hat er versucht Beweise zu sammeln, um dessen Unschuld zu beweisen, doch leider vergeblich, irgendwann musste er es schweren Herzens aufgeben. Bernhard arbeitet noch dieses Jahr für die Regierung, danach geht er in Pension. Speranza weiss, dass er seine einzige Chance ist, um auf die Datenbank seiner alten Arbeitsstelle zurückzugreifen, einer Organisation, die es in der Schweiz offiziell gar nicht gibt, von der seit jeher nie mehr als ein einziger und aktueller Bundesrat Kenntnis haben darf. Speranza weiss auch schon, wie und wann er seinen Kumpel finden kann, glücklicherweise wohnt dieser in Bern. Es gibt gottseidank eine Gewohnheit, der Bernhard Meier auch heute noch nachgehen wird, und genau dank dieser werden sie einander wiedersehen.

Unterdessen tritt Mosimann in Majas Studio. Sein Schwanz wird schon hart, als ihn seine Domina zur Begrüssung umarmt.

«Na, meine Herrin, du geiles Luder, bist du bereit für den Fick deines Lebens?»

Maja weiss, was Sache ist. Es kommt nicht oft vor, doch so zwei Mal im Jahr ist es der Fall. Mosimann ist betrunken und wenn er besoffen ist, dann ist er anders. Er ist aggressiver und achtet weniger auf die Grenzen. Das Safeword der beiden lautet seit jeher «Wolfsblut» und das musste Maja bereits zwei Mal selbst aussprechen, was bei ihr eine Seltenheit ist – überhaupt dass es die Domina aussprechen muss. Beide Male war Mosimann betrunken. Bei einem dieser zwei Vorfälle ignorierte er das Safeword. Er schlug Maja nonstop ins Gesicht. Sie wiederholte, schrie «Wolfsblut!» mehrfach nacheinander, doch vergebens. Am nächsten Tag waren ihr Gesicht und einige Stellen am Körper grün und blau. Sie konnte fast zehn Tage lang nur beschränkt arbeiten. Am Tag nach dem Wutausbruch kam sich Mosimann entschuldigen. Es hatte mit einem aktuellen Fall zu tun gehabt, einer Mutter, die ihr Kind getötet hatte. Die ganze Sache machte ihm zu schaffen, er betrank sich und verlor während des Sexspiels die Kontrolle. Seither wurde Maja vorsichtig, wenn der Alkoholpegel beim Staatsanwalt erhöht war.

«Ich will direkt vögeln, Maja, keine Spielereien, einfach direkt in dich rein. Also ab ins Bett mit dir und dann direkt Beine breit machen.»

Maja traut sich nicht zu widersprechen. Egal wie selbstsicher und dominant sie sonst sein kann, mit Satans Diener will sie sich nicht anlegen. Sie zieht sich aus, legt sich aufs Bett. Mosimann öffnet unterdessen seine Hose. Als er den Gurt endlich geöffnet hat, holt er seinen Ständer heraus und legt sich direkt auf Maja drauf, die bereits wie gefordert die Beine spreizt. Er drückt ihr seinen Schwanz mit Wucht hinein und beginnt auf ihr herumzuturnen. Sein Hemd ist nass vom Schweiss und auch seine Stirn tropft ohne Ende, fällt Maja auf. Einige Minuten später wirft er sie zur Seite.

«Komm auf mich rauf ...» Mosimann beginnt kurz zu keuchen. «Los, komm, reite mich, du Schlampe.»

Maja gehorcht und setzt sich umgehend auf ihn. Sie versucht seinen Wunsch zu erfüllen. Er greift sie an den Hüften und bewegt sie grob immer wieder von hinten nach vorne.

«Schneller, Schlampe, schneller ...», ruft er.

Maja schliesst ihre Augen. Wenn er will, dass ich ihn reite, dann kann er es haben, denkt sie. Sie beginnt ihren Körper wild auf ihm hin- und herzubewegen. Sie reitet ihn wie einen wilden Stier – bis sie bemerkt, dass seine Hände von ihrer Hüfte plötzlich abrutschen und auf die Bettdecke plumpsen. Maja unterbricht ihr Stöhnen, öffnet die Augen und blickt nach unten.

«Martin? Hallo! Martin?!»

Sie entfernt ihre Muschi von seinem Schwanz, schwingt sich hastig zur Seite.

«Nein, bitte nicht, verdammt nochmal.»

Sie beginnt direkt mit der Herzmassage, wie sie es vor über zwanzig Jahren mal gelernt hat, als sie den Nothelferkurs besuchte, der für den Führerschein zu erlangen erforderlich war. Sie bereut, gerade diesen Kurs niemals aufgefrischt zu haben. Sie versucht es mit Reanimation, doch vergebens. Sie springt aus dem Bett, huscht in die kleine Kammer mit der Kaffeemaschine, öffnet den Kühlschrank darunter, holt den eisgekühlten Vodka hervor, gönnt sich einen Schluck pur, dann nimmt sie ihr Smartphone zur Hand und wählt den Notruf.

«Ich möchte einen Herzinfarkt melden. Es ist Staatsanwalt Martin Mosimann. Die Adresse lautet ...»

36

Tagebucheintrag Elsbeth Mosimann: *Wenn man viele Jahre verheiratet ist, dann verringert sich mit jedem Jahr das Mass an Leidenschaft in der Beziehung. Zwischen mir und meinem Mann Martin läuft sexuell schon länger nichts mehr. Wir haben uns auseinandergelebt. Er lebt sein Leben und ich meines und doch werden wir von aussen noch immer als ein Ganzes angesehen. Viele denken, dass wir ein Paradebeispiel dessen sind, was alle als optimales Ehepaar betrachten. Doch der Schein trügt. Martin bumst seit Jahren irgendeine Nutte. Er glaubt, ich sei blöd und würde es nicht merken, geschweige denn es nicht spüren.*

Am Anfang stimmte es mich traurig, es berührte mich noch. Beinahe amüsant fand ich es dann vor einigen Jahren im Hochsommer, als Martin erstmals mit einem Langarmshirt ins Bett gekommen ist. Wenigstens gab er sich damals noch Mühe die Spuren zu verdecken, so konnte ich ihm nicht ganz egal sein, tröstete ich mich damals immer wieder. Irgendwann wurde es mir dann egal. Um ehrlich zu sein, war ich schon beinahe froh, ihn nicht mehr besteigen zu müssen. Der Sex mit ihm war noch nie das, nach dem ich mich gesehnt habe, und so begann ich irgendwann mich mit unserer Nachbarin Kathrin zu beschäftigen. Gemeinsam experimentierten wir an uns herum. Lesbisch zu sein ist etwas, was ich schon immer wollte, doch wenn man wie ich in einer streng katholischen Familie aufgewachsen ist, bleibt einem nichts anderes übrig, als das zu verstecken, wenn man nicht für immer von all seinen Liebsten verstossen werden will. Wenigstens darf ich es heute heimlich ausleben.

Kathrin und ich geniessen jeden freien Moment zusammen. Gerade wenn Martin seine Schlampe bumsen geht, nutze ich es jedes Mal aus, um bei meiner Nachbarin ein

Bad zu nehmen, umgeben von Kerzenschein und Räucherstäbchen. Glücklicherweise ist sie nicht verheiratet, so kann ich jederzeit zu ihr rüber. Am Anfang hat sie noch gehofft, dass ich mich outen und Martin verlassen würde, doch mittlerweile hat sie es akzeptiert, dass es so bleiben wird, wie es ist. Ich liebe es so sehr, dieses versteckte Spiel, den Kick, wenn ich zu ihr ins Haus rüberhusche. Wenn wir uns zu küssen beginnen. Es ist so viel inniger mit einer anderen Frau als mit einem Mann. Nur Frauen können Frauen richtig verstehen, sie wissen genau, auf was sie achten und wie sie es ausführen müssen. Ich liebe es, wenn sie meine Vagina leckt, meist auf dem Sofa. Wir einigen uns stets darauf einen Film fertig zu schauen, doch bereits beim ersten Werbespot beginnen wir damit, an uns rumzuspielen. Zuerst mit unseren Zungen, danach nehmen wir den Vibrator «Pauli» zur Hand. Nie zuvor habe ich so schöne und gefühlvolle Orgasmen erlebt wie mit Kathrin und Pauli.

Mein Leben ist mittlerweile perfekt. Ich habe alles, was ich brauche. Einen Mann, der gut verdient und der es mir ermöglicht, als Hausfrau zu Hause zu bleiben, und eine Nachbarin, die es mir immer und immer wieder von Neuem *besorgt. Es darf die nächsten zwanzig Jahre gerne so weitergehen.*

37

Früh am Morgen. Speranza öffnet die Augen. Caruso sitzt neben dem Bett im Hotelzimmer am kleinen Pult an ihrem Laptop. Sie muss einige Berichte für ihre Praxis zu Ende schreiben, unter anderem den für den Betrüger Ruckstuhl, den sie endlich loswird, da seine Bewährung vorbei ist. Sie ist fast mit dem Abschlussbericht fertig und ärgert sich noch immer darüber, dass sie die Therapie als gelungen bezeichnen muss, obwohl ihr doch ihr Inneres genau verrät, dass Ruckstuhl wieder rückfällig werden wird.

«So früh schon am Arbeiten?», flüstert Speranza ihr aus dem Bett zu.

«Ja, ich muss noch einen Bericht fertigstellen. Mein mühsamster Patient hat seine Bewährungszeit überstanden und ich bin froh, muss ich den Schleimbolzen nicht noch weiter ertragen.»

«Ist er so schlimm?»

«Ja, für mich schon. Ich hasse den Typen.»

«Ein Schwerkrimineller? Ein Vergewaltiger, oder was für eine Art von Straftäter?»

«Nein, so schlimm nun auch wieder nicht. Er ist ein Betrüger, eine Art Beziehungsschwindler, der immer wieder naive Frauen findet, die er dann finanziell und sexuell aussaugt. Er zieht sie über den Tisch, eine nach der anderen. Wenn er erwischt wird, lässt er sich therapieren, verspricht Besserung und dann beginnt das Spiel wieder von vorne, kaum ist die Bewährungszeit vorüber. Eine tickende Zeitbombe.»

Speranza lacht.

«Deine Geschichte erinnert mich an Ruckstuhl, den alten Hund.»

Caruso erstarrt. Hat Speranza gerade den Namen ihres Patienten laut ausgesprochen? Sie dreht sich auf dem Stuhl zu ihm um, blickt ihm schockiert in die Augen.

«Woher kennst du seinen Namen?»

«Welchen Namen?»

«Den meines Patienten Ruckstuhl!»

Speranza setzt sich auf. Nie hätte er gedacht, dass er mit dem Typen noch mal zu tun haben würde, geschweige denn in Freiheit. Speranza lernte Ruckstuhl in der Strafanstalt Pöschwies kennen, sie waren Zellennachbarn. Sie spielten ab und zu gemeinsam Schach und das eine oder andere Mal tranken sie in der Zelle zusammen Kaffee. Ruckstuhl verfügte über sehr gute Kenntnisse, was das Gesetz anbelangte. Während Speranza gerade dabei war, seine Anfechtung gegen die Verwahrung zu planen, unterhielten sich die beiden des Öfteren über juristische Themen und Gesetzesauslegungen. Ruckstuhl war einer der wenigen, die von den Vorwürfen und dem Fehlurteil Speranzas Bescheid wussten, da er ihn bei der Beschwerdeschrift ans Gericht mit Ratschlägen unterstützt hatte.

«So ein Zufall, dass ihr euch dort begegnet seid!», unterbricht Caruso seinen Bericht.

Sie prüft in ihren Notizen die Haftstrafen Ruckstuhls nach und tatsächlich, zwei von sechs Mal wurde er in Zürich verurteilt und inhaftiert.

«Nicht nur das», meint Speranza. «Dank ihm sitze ich hier und dank ihm haben wir uns kennengelernt.»

«Wie bitte?», so Caruso verblüfft.

«Er war es, der mir dein Buch *Jeden kann man retten* geschenkt hat. Seine Empfehlung war es auch, dass ich auf dich als Therapeutin bestehen soll. Man brauche eine Psychiaterin fern der Zürcher Justiz und eine die den Mut habe, sich gegen das System zu stellen. Nur wegen ihm und deinem Buch habe ich darauf bestanden, von dir therapiert zu werden.»

«Wusste Ruckstuhl, dass du rauskommen wirst?», will Caruso umgehend wissen.

«Wie meinst du das?»

«Kann es sein, dass Ruckstuhl gewusst hat, dass du entlassen wirst?»

Speranza überlegt einen Moment.

«Naja, nach seiner Entlassung habe ich keinen Kontakt mehr zu ihm gehabt. Doch es hat sich in Gefängniskreisen schon rumgesprochen, dass ich vor Gericht gewonnen habe und demnächst entlassen werde. Mit wem aus der Anstalt er nach seiner Entlassung weiterhin Kontakt gepflegt hat, weiss ich nicht.»

«Gehen wir mal davon aus, Ruckstuhl wusste von deiner bevorstehenden Entlassung. Wusste er dann auch, dass du nach deiner Inhaftierung in Bern wohnen würdest?»

«Nein, das wusste er auf keinen Fall. Niemand wusste das. Ehrlich gesagt habe ich das kurzfristig entschieden, da ich ja auf dich als Therapeutin bestanden habe. Aber wieso fragst du mich das, auf was willst du hinaus?»

Caruso beginnt ihre Theorie auszusprechen. Ruckstuhl war einer der wenigen, die von der Entlassung Speranzas gewusst haben können. Bestimmt ist er davon ausgegangen, dass Speranza wie zuvor in Zürich leben würde. Zudem wusste er als einziger ausserhalb der Justiz darüber Bescheid, was man Speranza vorgeworfen hatte. Er kannte aus den Akten die Grausamkeiten, die

Verstümmelungen und die Brutalität der Vorwürfe. Wenn Ruckstuhl eine Rachemission, wieso auch immer, geplant hätte, wäre der optimale Zeitpunkt dann gewesen, als Speranza entlassen wurde. Man würde ihm die Delikte zuschreiben, erst recht, wenn sie seine Handschrift trugen. Mit was Ruckstuhl jedoch nicht gerechnet hat, ist der Umstand, dass Speranza sich für ein Leben in Bern entscheiden würde.

«Traust du Ruckstuhl diese Taten wirklich zu?»

«Naja.», beginnt Caruso, «wenn ich ehrlich bin, so fällt es mir schwer, das zu glauben, denn eigentlich ist er nicht als Gewalttäter bekannt. Doch wer weiss, was für Abgründe in seinem Innern versteckt liegen. Vielleicht hat man ihn bisher nur bei den Betrugsdelikten erwischt, oder es gab einen Auslöser für die Gewaltausbrüche. Ein über Jahre angestauter Groll.»

«Wir müssen mehr über ihn in Erfahrung bringen. Am besten stellen wir ihn morgen bei der Therapiesitzung zur Rede respektive machen ihn nervös. Wir lassen ihn spüren, dass wir etwas wissen, ohne konkret etwas auszusprechen. Danach hänge ich mich an ihn dran.»

«Wir hängen uns an ihn dran. Du machst gefälligst keine Alleingänge!», unterbricht Caruso.

«Ja, in Ordnung. Wir hängen uns gemeinsam an seine Fersen. Sollte er tatsächlich etwas mit den Morden zu tun haben, wird er nach unseren Anspielungen eventuell unvorsichtig und wir können ihn dabei ertappen, wie er seine Spuren zu verwischen versucht.»

Caruso leuchtet der Plan ein. Nun gilt es, sich durch Ruckstuhls Akten zu lesen und den morgigen Termin minuziös durchzuplanen. Sollte Ruckstuhl tatsächlich hinter den Zürcher Morden stecken, so wird es Caruso erkennen, davon ist sie überzeugt. Sie wird diesen Mistkerl drankriegen und für immer hinter Gittern verfrachten lassen.

38

Gabriella Studer sitzt fassungslos auf einem Stuhl im Korridor des Zürcher Triemli-Spitals. Mit starrem Blick betrachtet sie vor sich das flackernde Licht im Getränkeautomaten. Die Innenbeleuchtung wird demnächst den Geist aufgeben, so ihre Prophezeiung. In ihr selbst sieht es nicht besser aus. Bei dem Gedanken muss sie beinahe schmunzeln, denn es ist nicht das erste Mal, dass die Justizdirektorin am heutigen Tag beinahe zusammenbricht. Vor zwei Stunden sass sie noch in ihrem Büro. Beim Durchstöbern der Speranza-Akten erhärtete sich ihre Vermutung bereits nach wenigen Minuten. Es war definitiv ihr Kollege Martin Mosimann, der vor sechzehn Jahren die Prüfungskommission im Fall Valentin Speranza geleitet hatte, nachdem dieser nach zwei Jahren russischem Knast in die Schweiz überstellt worden war. Wie sie das übersehen konnte, ist ihr ein Rätsel. Mosimanns Bericht bezeichnete das damalige russische Strafverfahren als hochkorrekt und die Haft als durchaus gerechtfertigt. Sein Lob für die russischen Kollegen wirkt verdächtig überschwänglich und ist daher eher ungewöhnlich für Mosimann.

Ebenso kurios wirkte auf Studer der Umstand, dass Mosimann, der damals noch frischgebackene Staatsanwalt, sich für eine Begutachtung und die Verwahrung Speranzas eingesetzt hat, obschon es einen Therapeuten gab, dessen Aktengutachten von einer Therapierbarkeit Speranzas gesprochen hat. Krönend ist der Prüfungsbericht fern des normalen Usus verfasst worden. Zudem sind keine Gerichtsakten aus Russland angefügt worden. Weder eine Anklageschrift noch ein Urteil ist vorhanden und das ist bei einem solch schwerwiegenden Fall alles andere als nachvollziehbar.

Studer wurde bei der Durchsicht sauer, sie verfluchte ihren Kollegen aufs Übelste, da er ihr all das aus der Vergangenheit verschwiegen hatte. Dann hätte sie ihn durch diesen Umstand direkt vom Fall Speranza abziehen müssen, um spätere Vorwürfe in Sachen Befangenheit zu vermeiden. Gerade als sie ihn anrufen und um eine Aussprache bitten wollte, traf der Anruf aus dem Triemli-Spital ein. Studers Befinden wandelte sich von Wut in einen Schockzustand, kurz danach überkam sie die Trauer. Ein Herzinfarkt. Kollege Mosimann wurde von der Ambulanz in einem Sadomaso-Studio aufgefunden. Eine Domina drückte wie wild auf Mosimanns Brustkorb herum. Nach dem Defibrillator kam der Puls zurück, man brachte Mosimann umgehend mit Blaulicht ins Krankenhaus, wo er nun auf der Notfallstation liegt. Studer ist direkt losgefahren und vor einer Viertelstunde im Triemli-Spital angekommen. Besuche sind noch nicht erlaubt, zu kritisch sei der Zustand ihres Kollegen, so der behandelnde Arzt. Einzig seine Frau Elsbeth durfte bislang die Notfallabteilung betreten.

Studer schiesst ein wirrer Gedanke nach dem anderen durch den Kopf. Was, wenn Mosimann länger ausser Gefecht gesetzt sein wird? Was, wenn er bezüglich des toten Callboys noch nicht aktiv geworden ist? Es wäre nur eine Frage der Zeit und Studer würde selbst zu einer Einvernahme aufgeboten werden. Ihre Karriere wäre spätestens ab dann ruiniert.

Die Justizdirektorin versucht sich zu beruhigen, doch bereits der nächste Gedanke ergreift sie: Was, wenn es Mosimann nicht überlebt? Sie ist überzeugt, dass ihr Kollege wichtige Informationen im Fall Speranza zurückhält, eventuell sogar solche, die zur Lösung der Zürcher Mordserie beitragen könnten.

«Der Mistkerl darf nicht verrecken», flucht Studer vor sich hin, während sie ihren Blick vom Getränkeautomaten in Richtung Korridor schweift, wo sie von Weitem die Konturen zweier Gestalten, die sich ihr nähern, wahrnimmt. Gerade als Studer ihre Konzentration wieder dem flackernden Licht im Getränkeautomaten widmen will, erweckt lautes Weinen ihre Aufmerksamkeit.

«Gabriella, er hat es nicht geschafft. Martin ist von uns gegangen. Einfach so! Ohne Abschied zu nehmen.» Studer braucht einen Moment, um zu realisieren, wer neben ihr auftaucht und was die Person ihr zu sagen versucht. Elsbeth wird von einer Krankenschwester seitlich am Arm gestützt wird, wohl präventiv, falls ein Zusammenbruch droht.

«Was sagst du da?», erwidert Studer baff.

«Martin hat einen Herzinfarkt erlitten. Ich frage mich nur, wieso ihm niemand geholfen hat und wo es passiert ist. Bei euch im Büro hätte er doch bestimmt umgehend Hilfe erhalten.»

«Wie ich vernommen habe, ist es draussen in der Öffentlichkeit passiert, vielleicht war niemand vor Ort», lügt Studer.

Elsbeths Miene verfinstert sich. Sie bittet die Krankenschwester sie einen Moment mit Studer allein zu lassen. Die junge, blondgelockte Krankenschwester bejaht und entfernt sich umgehend. Elsbeth setzt sich zu Studer auf einen der freien blauen Wartestühle.

«Ich habe nie studiert und nur eine einfache Ausbildung als Floristin absolviert, aber deswegen bin ich noch lange nicht dumm», beginnt Elsbeth leise.

«Ich verstehe nicht, auf was du hinaus willst ...»

«Die Kratzer von Fingernägeln an seinem Oberkörper, der Lippenstiftabdruck am Hals und unterhalb des Bauchnabels, diesmal konnte er die Spuren vorher nicht beseitigen.»

Studer schweigt. Ihr fehlen die Worte.

«Martin war ein guter Staatsanwalt, ein passabler Gatte, aber seien wir ehrlich, im Grunde konnte er ein richtiger Mistkerl sein», so die Witwe.

Studer bleibt wortlos, auch wenn sie es am liebsten bestätigen möchte.

«Und doch muss ich weinen um ihn. Der Bastard wird mir trotz allem fehlen», ergänzt Elsbeth schluchzend.

Studer nimmt Elsbeth tröstend in den Arm. Zwei Minuten lang drückt sie die frischgebackene Witwe an sich, spendet ihr Trost und eine Schulter, um sich auszuweinen. Als sich Elsbeth langsam wieder fängt, tritt Studer ein paar Schritte von ihr weg.

«Ich will ihn sehen.»

«Es darf niemand mehr zu ihm rein», erklärt Elsbeth achselzuckend.

«Ich bin die Justizdirektorin, das interessiert mich nicht.»

Im Stechschritt läuft Studer in Richtung Notfall, direkt ins Innere. Als ihr ein Arzt entgegenkommt, um sie zu stoppen, zückt sie ihren Personalausweis und besteht darauf, umgehend die Leiche von Mosimann zu besichtigen. Nach einem flüchtigen Blick auf den Ausweis führt sie der Arzt persönlich zur Leiche des Staatsanwaltes. Vor dem Totenbett angekommen schiessen Studer ungewollt die Tränen aus den Augen.

«Lassen Sie mich einen Moment mit ihm allein», bittet sie den Arzt.

Ein trauriger Anblick. Der Justiz-Pitbull, wie man ihn im Justizgebäude oft nannte, liegt oben ohne auf dem Spitalbett, wie ein Häufchen Elend dahinverreckt.

Die Spuren der Nutte sind wahrlich nicht zu übersehen, erkennt Studer. Sie nähert sich der Leiche. «Perverser dummer Hund», flucht sie ihn an. «Wieso hast du mich nur angelogen?» Auf dem Stuhl neben dem Bett erspäht sie eine Tragetasche vom Krankenhaus, in dem sich die Effekte des Toten befinden. Studer kontrolliert, ob die Zimmertür nicht mehr offensteht, dann durchstöbert sie die Tasche. Nebst Oberteil, Schmuck, Portemonnaie und Ausweis ist auch Mosimanns Smartphone darin zu finden. Studer holt das Telefon heraus und verstaut es in der Seitentasche ihrer Herbstjacke. Sie muss unbedingt an die Telefonnummer dieses Privatschnüfflers, der Speranza auf den Fersen ist, gelangen. Mosimann hat seine Quellen stets geheim gehalten. Und wer weiss, vielleicht würde die Justizdirektorin dank seines Smartphones nun auch herausfinden können, ob Mosimann bereits in der Sache mit dem toten Callboy aktiv werden konnte.

Die Zimmertür des Spitalzimmers öffnet sich. Studer bewegt ihre Hände vor den Körper, als hätte sie soeben ein Gebet zu Ende gesprochen. Sie fühlt sich dabei unwohl, wie ein Dieb und nicht wie eine Verfechterin des Gesetzes. Sie bedankt sich beim Arzt für seine Hilfe.

Dann läuft sie zurück zu Elsbeth, steckt ihr eine Visitenkarte zu und versichert ihr, jederzeit für sie da zu sein. Sie verabschiedet sich mit einer weiteren Umarmung und begibt sich ins Parkhaus. Gerade, als sich auf den Fahrersitz ihres Mercedes setzt, beginnt es in ihrer Herbstjacke zu klingeln.

«Lass es den Privatschnüffler sein», spricht sie laut aus, dann holt sie das Smartphone hervor.

Die Enttäuschung steht ihr ins Gesicht geschrieben, als sie den Namen einer ihr unbekannten Frau liest. Zuerst will sie den Anruf nicht entgegennehmen, doch dann, sie weiss nicht wieso, drückt sie reflexartig auf den grünen Button.

«Ja, hallo?»

Am anderen Ende ist es still.

«Er ist tot, oder?», erkundigt sich einige Sekunden später eine schluchzende Frauenstimme.

«Mein Name ist Gabriella Studer ...»

«Ahhh ... die Justizdirektorin», unterbricht die Fremde.

«Sie kannten sich scheinbar gut?», fragt Studer leicht irritiert über die Reaktion der Anruferin.

«Ja.»

«Wie ist ihr Name?»

« Ich heisse Maja. Ich bin ...»

«Sie sind seine Domina», führt Studer den Satz zu Ende.

39

Tagebucheintrag Miranda Walter: *Ich weiss nicht, wieso ich glücklich bin, obwohl meine grosse Liebe gerade durch die Hölle geht. Sie hat mich umgehend angerufen, als sie erfahren hat, dass ihr Ehemann einen Herzinfarkt erlitten hat. Ich müsste lügen, wenn ich sagen würde, dass es mich traurig gestimmt hat. Um ehrlich zu sein habe ich sogar gelächelt, als ich es erfahren habe. Man sollte anderen nichts Schlechtes wünschen, doch auch wenn ich weiss, dass es falsch ist, so habe ich auf seinen Tod gehofft. Zu lange müssen wir dieses Versteckspiel bereits aufrechterhalten.*

Wieso sich Elsbeth nicht schon lange von ihrem Mann getrennt hat, ist mir unerklärlich. Er hat sie nie auf

Händen getragen und sie weder im Bett noch im Alltag befriedigen können. Wir leben in einer verständnisvollen Zeit, was ich Elsbeth immer und immer wieder von Neuem erklärt habe. Es ist keine Schande lesbisch zu sein, die Ansichten der Gesellschaft haben sich modernisiert, wir könnten heutzutage sogar als gleichgeschlechtliches Paar heiraten. Zu schön, der Gedanke, doch trotzdem so fern, oder jetzt doch näher als je zuvor?

Ich vergesse nie, wie alles zwischen uns angefangen hat. Als ich frisch in das Haus neben den Mosimanns eingezogen bin, haben mich die beiden eines Tages mit einem Früchtekorb besucht und sich vorgestellt. Martin war mir direkt unsympathisch und der Gestank seiner Zigarre hat mich beinahe in den Wahnsinn getrieben. Ungefragt hat er sich bei mir auf der Gartenterrasse direkt eine angemacht. Rücksicht auf andere zu nehmen schien diesem Rüpel fremd zu sein. Elsbeth war da ganz anders. Sie war eine sanfte Persönlichkeit, die viel Herzlichkeit ausstrahlte, und in ihren Augen sah ich Lust, unbefriedigte pure Lust. Wir fanden sofort eine Gemeinsamkeit, unsere Liebe für die

Natur und die Welt der Pflanzen. Wir verabredeten uns für die Woche darauf, um gemeinsam im Garten zu arbeiten.

Bei mir rund ums Haus gab es einiges umzugestalten. Am Anfang war Elsbeth äusserst schüchtern, doch von Mal zu Mal taute sie auf. Als wir die Setzlinge gepflanzt haben, berührte ich immer mal wieder ihre Hand. Ich tat jedes Mal so, als wäre es ein Versehen. Sie hat es höchstwahrscheinlich durchschaut und es doch immer wieder zugelassen.

Bei einem unserer Gartentreffen machten wir im Innern meines Hauses eine Pause. Wir sassen auf dem Sofa, als ich ihren Oberschenkel zu streicheln begonnen habe. Es war ihr zuerst unwohl, nicht etwa, weil sie es nicht gewollt hätte, sondern weil sie erstmals erkannte, dass sie es wollte, und das mit einer Frau. Wir begannen uns gegenseitig zu streicheln, anfänglich lediglich an den Schultern, irgendwann kamen die Brüste dazu. Als wir uns obenrum frei machten, begann ich ihre Nippel zu lecken. Nicht gierig, wie es ein Mann tun würde, sondern mit der Zärtlichkeit einer Frau. Behutsam begann ich ihr die kurzen Shorts auszuziehen, als nächstes folgte ihr braves hellgrünes Höschen. Elsbeths Muschi war bereits feucht und ihr Blick willig, als meine

Zunge kreisförmig um ihre Vagina zu kreisen begann. Ihr Stöhnen wurde lauter. Mit ihrer rechten Hand begann sie meinen Hinterkopf herunterzudrücken. Sie symbolisierte mir damit, dass ich nicht aufhören soll und mich keinesfalls von ihr wegbewegen dürfe. Final war ihr Orgasmus in der gesamten Nachbarschaft zu hören. Es war der Befriedigungsschrei einer Frau, die seit Jahren nicht mehr befriedigt wurde, wenn überhaupt jemals zuvor. Nur eine Frau kann verstehen, was eine Frau fühlt. In meinem zwanzigsten Lebensjahr habe ich mich geoutet und bin froh darüber, dass ich auch Elsbeth dieses Glück bescheren durfte, wenn sie es am Ende auch nur heimlich bereit ist auszuleben. Wir treffen uns mehrmals pro Woche und wenn wir uns nicht sehen, dann telefonieren oder simsen wir miteinander, wie zwei frischverliebte Teenager. Es ist Liebe, wahre Liebe. Die Liebe zweier Frauen, die sich gefunden haben.

40

Ruckstuhl betritt wie gewohnt zehn Minuten zu früh die Praxis an der Marktgasse. Caruso empfängt ihn mit gespielter Freundlichkeit. Es fällt ihr schwerer als sonst, sich die Maske der professionellen Psychiaterin aufzusetzen. Auf dem Tischchen in der Mitte hat sie eine Schüssel mit Keksen und zwei Fläschchen Mineralwasser hingestellt, ein Ritual, welches sie seit Jahren pflegt, immer dann, wenn der Abschlussbericht einer durch die Justiz angeordneten Therapie ansteht.

«So, Herr Ruckstuhl, Ihre Therapie und ihre Bewährungszeit enden heute. Wie fühlt es sich an, einmal mehr?»

«Frau Caruso, ich bin nicht stolz auf meine Taten. Zudem habe ich genug von den Streitereien mit der Justiz. Das ist definitiv meine letzte Haft- und Bewährungsstrafe gewesen.»

«Das haben sie bereits fünf Mal zuvor gesagt.»

Ihren Sarkasmus kann sich Caruso auch heute nicht verkneifen. Es folgt ein kurzer Moment der Stille. Danach spricht Ruckstuhl Caruso plötzlich auf ihr Buch «Jeden kann man retten» an. Er habe es in der Haft gelesen und sei begeistert gewesen von der darin enthaltenen Theorie.

«Das ist jetzt aber ein Zufall, dass Sie das Buch ansprechen. Denn ich wollte Sie bereits seit Längerem fragen, ob Sie es gelesen haben», lügt Caruso.

«Ja, ich habe es wahrlich verschlungen.»

«Hoffentlich haben Sie es auch weiterempfohlen.»

«Ja, aber sicher doch!»

«Haben Sie es auch Valentin Speranza empfohlen?»

Ruckstuhls Mimik zufolge hat er mit dieser Frage nicht gerechnet. Sie hat ihn förmlich überrumpelt, erkennt Caruso innerlich triumphierend.

«Wie kommen Sie darauf?»

«Wissen Sie überhaupt, dass Speranza bei mir in Behandlung ist?»

«Nein, das weiss ich nicht, doch es freut mich sehr, dass er meiner Empfehlung gefolgt ist. Ich hoffe, er schafft es straffrei in der Freiheit zu verweilen. Man hört ja so einiges.»

«Was hört man denn so?»

Ruckstuhl bewegt sich unruhig auf dem Stuhl hin und her.

«Naja, ich meine, diese grässliche Mordserien in Zürich. Denke ich an Speranzas Fall zurück ...»

Bingo, denkt Caruso, nun schnappt die Falle zu. Ruckstuhl weiss nichts von der Verhaftung Speranzas und versucht gerade jämmerlich eine Verbindung zwischen ihm und der Mordserie herzustellen.

«Würden Sie denn Speranza solch eine Tat wirklich zutrauen?»

Ruckstuhl überlegt gespielt.

«Wissen Sie, ich bin einer der wenigen, die seine Akten und das damalige Urteil kennen. Ich habe ihm beim

Beschwerdeschreiben ans Gericht geholfen. Falls sie wissen, was der Typ damals in Russland angestellt hat, so trauen sie ihm alles zu, oder nicht?»

Die Praxistür öffnet sich. Speranza tritt ohne Vorwarnung herein. Das Entsetzen ist Ruckstuhl ins Gesicht gemeisselt.

«Oh, entschuldigen Sie, Frau Caruso, ich bin wohl etwas zu früh», entschuldigt sich Speranza, wie zuvor mit Caruso abgesprochen.

«Das ist ja witzig, dass Sie hereinplatzen, Herr Speranza. Ich glaube, meinen aktuellen Patienten Ruckstuhl dürften Sie kennen.»

Speranza schaut auf den Therapiestuhl und setzt sein künstlichstes Lächeln auf.

«Ja, gibt's denn sowas!»

«Speranza, mein Freund. Wie geht es dir?»

Ruckstuhl erhebt sich und streckt seinem ehemaligen Knastkollegen die Hand entgegen. Die Nervosität steht ihm ins Gesicht geschrieben. Hastig nimmt er wieder auf dem Stuhl Platz, in der Hoffnung den Termin bald hinter sich zu haben.

«Und wie ergeht es dir so in der Freiheit?»

Speranza lehnt sich an die Wand. Er überlegt einen Moment, bevor er antwortet.

«Ich bin ziemlich mies gestartet. Ich wurde diese Woche bereits wieder verhaftet, weil man mich in Verdacht hatte, dass ich mit der Mordserie in Zürich in Verbindung stehen könnte.»

«Ach, diese Vollpfosten. Was sage ich immer, einmal Knasti gewesen, so bist du in der Schweiz für immer mit einem Stempel versehen. Kein Tag mehr Ruhe!», strömt es aus Ruckstuhl raus, ohne Caruso eines Blickes zu würdigen.

«Ja, das kann sein. Und trotzdem schrecklich, was für Taten sich hier draussen ereignen. Was für ein krankes, bemitleidenswertes Wesen muss man sein, um auf solch üble Art und Weise herumzumorden.»

Jetzt kommt Carusos Einsatz.

«Da gebe ich Ihnen Recht. Auch wir Psychiater gehen davon aus, dass es sich um einen sehr geistesgestörten Psychopathen mit einem starken Minderwertigkeitskomplex handelt. Wir gehen auch davon aus, dass er impotent und frustriert ist.»

Ruckstuhl schweigt und schenkt den beiden lediglich ein kurzes zustimmendes Nicken.

«Frau Caruso, ich muss dann zur Spätschicht in der Bäckerei aufbrechen. Dürfte ich den Abschlussbericht erhalten und dann langsam gehen?»

«Aber klar doch. Ich wünsche Ihnen ein frohes und straffreies Leben», sagt Caruso, als sie ihm gleichzeitig den Abschlussbericht in einem grossen Couvert aushändigt.

Ruckstuhl schüttelt Caruso und Speranza die Hände und verabschiedet sich. Bevor er die Praxis verlässt, dreht er sich nochmals um.

«Valentin, ich hätte ja gern die Nummern getauscht und mich mal mit dir auf einen Kaffee getroffen, doch möchte ich die Vergangenheit lieber hinter mir lassen.»

«Ich verstehe das», beruhigt Speranza sein Gegenüber und winkt ihm zum Abschied zu.

Nachdem die Tür ins Schloss gefallen ist, lässt sich Speranza neben Caruso auf den Stuhl fallen.

Im selben Moment nimmt Justizdirektorin Studer auf einem Klappstuhl in einem kleinen Hinterzimmer Platz.

«Zucker und Milch?»

«Nein, ich trinke ihn schwarz.»

Studer ist erstaunt über die Freundlichkeit der Domina. Als sie den Anruf von Maja entgegengenommen hat, erkannte sie schnell, dass ihr Mosimann, wieso auch immer, am Herzen gelegen haben muss. Sie bot sich für ein Gespräch an und Maja stimmte umgehend zu. Nun sitzt sie da, im Stamm-Sadomaso-Studio ihres verstorbenen Kollegen, und wenn sie ehrlich ist, weiss sie nicht, was sie sich von dem Treffen überhaupt erhofft.

«Sie kannten sich länger?»

«Ja, Martin besucht mein Etablissement seit Jahren. Irgendwie hat sich zwischen uns so etwas wie eine Freundschaft entwickelt. Ab und zu konnte ich ihm auch bei seiner Arbeit behilflich sein, nicht oft, doch immer mal wieder.»

Eine Informantin, erkennt Studer.

«Und wie war er so bei seinen Besuchen?»

Maja zuckt mit den Achseln. Er sei halt ein Mann gewesen, betont sie. Studers Schweigen zeigt ihr, dass sich ihr Gegenüber mit dieser allgemeinen Antwort nicht abspeisen lässt.

«Er konnte ein richtiges Arschloch sein, vor allem wenn er betrunken war. Auch die Rollenspiele waren nicht selten grenzwertig, manchmal sogar Szenen aus seinen Fällen, die wir nachspielen mussten. Es hätte Martin angeblich dabei geholfen, sich besser in den aktuellen Fall hineinzuversetzen, doch das habe ich ihm nie abgekauft. Ich glaube, es war die tief verborgene Bestie in ihm, die ihren Hunger durch diese Perversitäten stillte. Halt ein Mann, ein machohafter Arsch und doch konnte man ihn gernhaben.»

«Das Ganze war bestimmt kostspielig», bemerkt Studer.

«Geld war nie seine Sorge. Als er betrunken war, hat er mir mal von dieser zusätzlichen Rente erzählt, die er seit Jahren erhält.»

«Eine Rente?» Studer glaubt sich verhört zu haben.

«Ja, irgendwelche Geldbeträge aus Russland.»

Studer lässt beinahe die Kaffeetasse fallen. Da ist der Zusammenhang! Der verdammte Hund hat sich bestechen lassen! Speranzas Fall ist nie feinsäuberlich untersucht worden!

41

Tagebucheintrag Elisa Aeschbacher: *Heute schwelge ich schon den ganzen Tag in alten Zeiten, der Grund ist ein altes Fotoalbum, das ich heute beim Putzen in einem unserer Korridorschränke gefunden haben. Nicht irgendeines, sondern das Hochzeitsalbum. Als ich Klaus vor zwanzig Jahren kennengelernte, haben wir uns umgehend verliebt. Liebe auf den ersten Blick. Wir verlobten uns nach wenigen Wochen und heirateten bereits nach sechs Monaten. Frisch vermählt zogen wir in eine kleine Stadtwohnung. Es sollte ein Anfang sein, eine billige Wohnung, die es uns ermöglichte zu sparen, denn wir beide träumten von einem gemeinsamen Haus. Dass wir heute, nach über zwanzig*

Jahren, immer noch in dieser Altstadtwohnung hausen würden, das hätten wir uns damals nie vorstellen können. Wir hatten Pläne, Träume und Wünsche. Ich dachte, mit Klaus hätte ich den Richtigen gefunden, doch kennengelernt habe ich ihn erst, als wir zusammengezogen sind.

In den ersten Wochen überhäufte er mich noch mit Geschenken, Blumen und sogar mit einigen liebevollen Gedichten, die er mir auf einen Zettel kritzelte und in meiner Handtasche versteckte. Doch bereits nach den ersten Monaten, als alles Alltag und selbstverständlich wurde, schwand alles bisher Besondere dahin. Seine Art mir gegenüber wurde kälter und sein Umgang gröber. Es musste alles so laufen, wie er es sich vorstellte, tat es das nicht, setzte er seinen Kopf mit allen Mitteln durch, auch wenn das bedeutete, dass er mir wehtat. Über die Jahre landete ich mehrfach im Notfall. Was mit Prellungen und gebrochenen Fingern begann, endete einmal sogar mit einer Schnittwunde am Oberarm und einmal mit einer Platzwunde am Kopf. Klaus war vor unserem Kennenlernen alkoholsüchtig, danach eine Weile abstinent und am Anfang unserer Ehe folgte dann der Rückfall. Sobald er seinen Alkohol-

pegel erreicht hatte, war er nicht mehr sich selbst. Ihm in diesem Zustand zu widersprechen oder ihm Paroli zu bieten, konnte brutale Folgen haben.

Klaus misshandelte mich über Jahre hinweg. Er schlug, würgte, bedrohte mich und akzeptierte in jeglicher Hinsicht kein Nein. Es war ein Albtraum, nein, er war ein Albtraum. Irgendwann kam dann die Diagnose Hodenkrebs. Es folgte eine Chemotherapie und mehrere Eingriffe. Klaus überstand den Krebs, bezahlte es jedoch mit Impotenz. Seither wurde er ein anderer Mensch. Von einem Tag auf den anderen stoppte er mit dem Alkohol. Er ist mittlerweile seit vielen Jahren abstinent. Nicht einmal an Silvester gönnt er sich ein Glas zum Anstossen. Seine aggressive Art schwand mit der Impotenz genauso dahin wie seine Sucht. Er wurde nachdenklicher, ruhig und irgendwie schon beinahe bemitleidenswert.

Wie erlösend diese Situation für mich auch war, so sehr hat sie mich anfänglich überfordert. Mir wurde von einem Tag auf den anderen der Status des Starken in der Beziehung übertragen. Nun war ich diejenige, welche die Zügel in den Händen halten durfte, es waren mein Kopf und meine Meinung, die sich fortan durchsetzen. Sieht man uns heute als Ehepaar und kennt man uns nicht von früher, entsteht rasch der Eindruck, dass ich eine Furie bin, die ihren Mann unterdrückt und herumkommandiert.

Naja, denke ich nun genauer darüber nach, so mag das wahrscheinlich sogar stimmen. Manchmal versuche ich mich zu bremsen, netter mit ihm zu sein, doch dann kommen all die Erinnerungen der Jahre zuvor in mir hoch. Dies alles generiert sich zu einem Cocktail aus Wut und Rachegelüsten und dann lasse ich alles raus, schmettere es Klaus entgegen, wie ein Vulkan, der ausbricht, überhäufe ich ihn mit bösen Worten, schreie ihn an und manchmal rutscht mir sogar die Hand aus, so wie sie ihm über all die Jahre zuvor immer und immer wieder ausgerutscht ist. Schaue ich heute das Hochzeitsalbum an, so kommen mir die Tränen. Es hätte so schön werden können. Uns stand damals die ganze Welt offen. Wir hätten es packen können, doch wir haben beide versagt. Die Liebe auf den ersten Blick war eine Illusion, ein Wunschdenken, durch das wir unser Leben an die Unzufriedenheit verkauft haben. Wir sitzen in einem Gefängnis, aus dem wir beide nicht mehr he-

rausfinden. Wir harren aus und beten dafür, dass es irgendwann, irgendwie zu Ende sein wird.

42

Vor dem Restaurant «Café Fédérale» nahe dem Berner Bundeshaus herrscht reichlich Aufregung. Einige Rentner stehen im Kreis versammelt. In der Mitte ist ein grosses Schachbrett auf den Boden gemalt. Die Spielfiguren sind rund fünfzig Zentimeter gross und können so, dank ihrer Grösse, auch von den älteren und nicht mehr so gut sehenden Spielern nicht übersehen werden. In Bern kennt jeder dieses Spielfeld, es ist einer der kleinen Flecken inmitten einer grossen Stadt, wo den Tag hindurch bei Wind und Wetter Stimmungen anzutreffen sind. Nicht selten kommt es beinahe zu Handgreiflichkeiten unter den Rentnern, weil ein Zuschauer einem der Spieler einen Tipp zuruft oder ein Spieler nach einem misslungenen Zug einen Zuschauerkommentar aus dem Rücken wahrnimmt, der ihn komplett in Rage bringt. Am heutigen Tag herrscht allerdings Stille. Ein Turnier findet statt und soeben wurde das Final eröffnet. Bernhard schaut seinem Widersachen Mustafa in die Augen, danach bewegt er seinen Springer diagonal nach rechts. Speranza gesellt sich im Hintergrund unter die Zuschauer. Rund um das Schachfeld herum wird getuschelt. Wenn Bernhard und Speranza sich früher mal im Privaten getroffen haben, dann war es genau an diesem Ort. Oft starteten sie am frühen Morgen mit der ersten Partie und manchmal begann es bereits einzudunkeln, als die letzte Partie beendet wurde. Speranza muss schmunzeln, denn Mustafas soeben vollführter Schachzug ist höchst unklug. Bernhard hat bereits mit genau diesem Zug seines Widersachers gerechnet, noch bevor Mustafa die Schachfigur bewegen konnte. Das weiss Speranza ebenso gut wie er sich des Umstand bewusst ist, dass Bernhard gerade simuliert zu überlegen, denn in Wahrheit ist er sich bereits seiner nächsten vier

Spielzüge bewusst. Mustafa ist kein Gegner für Bernhard, doch um die Spannung finalwürdig hochzuhalten, spielt er eine Show. Gerade als Bernhard seinen Läufer bewegen will, schreit ein alter Mann neben Speranza laut «nein», worauf die anderen Zuschauer ihn mit erbosten Blicken eindecken, denn sich einzumischen gilt hier als Todsünde. Bernhard wirft dem alten Mann einen kurzen Blick zu und gerade, als er seinen Blick wieder abwenden will, stösst ihm Speranza ins Auge. Ein kurzes Augenzwinkern, danach wird der Läufer verschoben. Vier Schachzüge später heisst es für Mustafa schachmatt. Bernhard hatte es plötzlich eilig und keine Lust mehr das Finale unnötig in die Länge zu ziehen. Sein Interesse gilt Speranza, seinem alten Berufskollegen, mit dem er so manchen heiklen Auftrag für die Regierung durchgezogen hat.

«Sie wollen dir die Mordserie anhängen. Es war nur eine Frage der Zeit, bis du mich aufsuchen würdest, das war mir bewusst», beginnt Bernhard das Gespräch, während sich die beiden nur wenige Minuten später auf einer Parkbank einige Meter weiter vorn hinsetzen.

«Ich hätte mich so oder so bei dir gemeldet, mein Freund. Es ist nicht einfach nach so vielen Jahren.»

Bernhard schaut ihm in die Augen, erhebt sich und breitet seine Arme aus.

«Nun lass dich umarmen, mein Freund. Es ist so unglaublich lange her.»

Nach einer freundschaftlichen Umarmung beginnt Speranza den pensionierten Agenten über die Lage ins Bild zu setzen. Bernhards Gesichtsausdruck verrät bereits die Sorgen, die in ihm aufkommen mit jedem weiteren Wort, das er zu hören bekommt.

«Pass auf, das klingt heikel. Und dieser Serienkiller ist gefährlich, man könnte schon beinahe meinen, er sei einer von uns.»

«Ja, er hätte bei uns früher bestimmt Karriere machen können», scherzt Speranza, um die Stimmung aufzuheitern.

«Bist du komplett draussen? Ich dachte, du musst noch ein Jahr, bis zur Pension», hakt er nach einer kurzen Pause nach.

«Naja», meint Bernhard, «ab und zu nehme ich noch einen Auftrag an. So ganz draussen ist man ja nie, du weisst ja, wie das ist.»

Speranza nickt. Bernhard greift in seine Windjacke hinein, dort beginnt er mit seinen Fingern nach etwas zu tasten. Dann holt er eine kleine Pistole, die in einem Lederhalfter steckt, hervor. Er blickt sich kurz um, ob niemand sie beobachtet, und steckt sie Speranza, der neben ihm auf der Parkbank sitzt, unauffällig in die Jackentasche.

«Die wirst du brauchen, wenn du diesen Hundesohn jagen willst. Mach kurzen Prozess mit ihm, wie wir es früher gemacht haben.»

Speranza tastet in seiner Jackentasche nach der Pistole. Er will sie zurückgeben, doch dann entschliesst er sich sie anzunehmen. Wer weiss, was für ein Psychopath ihm demnächst begegnen wird.

«Kannst du für mich jemanden überprüfen?»

«Wusste ich doch, dass du nicht nur wegen einer Partie Schach hierhergekommen bist», lacht Bernhard.

«Sein Name ist Josef Ruckstuhl. Seine Personalien habe ich dir notiert.»

Speranza steckt Bernhard einen zusammengefalteten Notizzettel zu.

«Ich werde dir alle Informationen über ihn besorgen. Gib mir vierundzwanzig Stunden Zeit. Denkst du, dass er hinter den Morden steckt?»

«Naja, mit Bestimmtheit kann ich es nicht sagen, doch es gibt einige Anzeichen, die für ihn als Täter sprechen.

«Ich werde dir helfen, mein Freund, jedoch unter einer Bedingung.»

Speranza weiss genau, wie diese lautet.

«Na gut, aber nur eine Partie.»

43

Studer sitzt angespannt vor ihrem Laptop. Sie hat soeben ihr Telefonat mit Privatdetektiv Tobias Funk beendet. Das Ergebnis ist enttäuschend. Mosimann hat seinen Schnüffler nicht in Studers private Probleme bezüglich des toten Callboys eingeweiht. Entweder ist er noch nicht dazugekommen, oder jemand anderes wurde darauf aufgesetzt. Wer weiss, wie viele inoffizielle Schattengestalten da draussen für Mosimann unterwegs waren. Ihr verstorbener Kollege war stets zurückhaltend, woher seine Informationen kamen. Seine Informanten hätte Mosimann zu Lebzeiten nie preisgegeben, entweder weil sie so wertvoll für ihn waren oder weil sie seine

Karriere hätten beenden können, hätte sich jemals herausgestellt wie und auf welch dubiose Weise gewisse Informationen und Beweise beschafft wurden.

Die Gedankengänge der Justizdirektorin werden durch ein lautes Klopfen unterbrochen. «Herein», ruft sie mit genervtem Unterton. Ihr Praktikant Bastian Wohlschlegel tritt herein. Sein Blick ist wie immer auf den Boden gerichtet. Es fehlt ihm das Selbstvertrauen, anderen in die Augen zu schauen, eine Macke, die Studer seit seiner Einstellung den letzten Nerv raubt.

«Bastian, schau mich an, wenn du mir etwas zu sagen hast», faucht sie ihn an.

Sein Blick bleibt auf den Boden gerichtet.

«Es geht um Mosimann», beginnt er mit leiser Stimme. «Bei der Obduktion hat sich ergeben, dass es Spuren von toxischen Stoffen in seinem Blut gab.»

Studer schiesst aus ihrem Sessel empor.

«Mosimann wurde vergiftet?»

«Naja, nicht direkt. Jemand hat eher versucht ihn zu vergiften. Es wurde eine kleinere Menge an Giftstoffen in seinem Blut festgestellt, doch tödlich war die Dosis nicht. Wer auch immer das getan hat, ist beim Versuch ihn umzubringen gescheitert.»

«Also stand der Herzinfarkt nicht im Zusammenhang mit dem Gift?», hakt Studer verwirrt nach.

«Nein, laut toxikologischem Gutachten nicht.»

Bastian legt den forensischen Bericht auf Studers Schreibtisch. Danach begibt er sich, ohne ein weiteres Wort zu verlieren, aus dem Büro zurück in sein eigenes, einen kleinen Raum am Ende des Korridors, einzig mit einem kleinen Tisch, einem Stuhl und einem Laptop eingerichtet.

«Verdammt nochmal», flucht Studer in den Raum, während sie sich genervt in ihren Sessel fallen lässt.

Sex wäre jetzt das, was ihr guttun würde, denkt sie. Einfach mal kurz abschalten, den Stress vergessen und die Vitalbatterien aufladen. Doch sich nochmal auf einen Callboy einzulassen hat sie nicht vor, und dass ihr Mann plötzlich wieder mal in die Gänge kommt und einen hochbekommt bei ihr, daran glaubt sie schon lange nicht mehr. Nach einem lauten Schnaufer öffnet sie die unterste Schublade des hölzernen Pultes. Sie holt sich die angefangene Zigarettenschachtel hervor. Eigentlich raucht Studer nicht, oder besser gesagt seit zehn Jahren nicht mehr. Doch ab und zu, in seltenen Momenten, helfen ihr ein paar Nikotinzüge beim Runterfahren. Und wann, wenn nicht heute, denkt sie, als sie sich am zuvor geöffneten Fenster eine der Zigaretten aus der Schachtel anmacht. Gierig zieht sie das Nikotin ein, wissend, dass nach der Zigarette sich nichts verändern wird, ihre Welt wird weiterhin lichterloh brennen.

«Wer hat die Partie gestern eigentlich gewonnen?», hakt Caruso aus Langeweile nach.

«Ich habe gewonnen, aber es war knapp. Bernhard hat mich früher oft schachmatt gesetzt. Ich glaube, er war gestern einfach nur müde, schliesslich hatte er zuvor ein ganzes Turnier gespielt.»

«Oder du bist einfach besser als er», scherzt Caruso.

Die beiden sitzen im Innern eines Mietwagens, den sie für ihre heutige Beschattungsaktion organisiert haben. Ruckstuhl hat den ganzen Morgen bei der Arbeit verbracht. Beim gestrigen Treffen in Carusos Praxis funktionierte alles nach Plan. Während des kurzen Gesprächs konnte Caruso, nach dem Hinzukommen von Speranza, wie geplant eine Wanze an Ruckstuhls Jacke platzieren. Kleiner als ein Pin und komplett unauffällig, erst recht, wenn man sie im Jackeninnern montiert. Glücklicherweise trägt Ruckstuhl so gut wie bei jeder Sitzung dieselbe alte Stoffjacke, so auch bei der Arbeit und im Privaten. Die Wanze zeigt ihnen dank GPS den Standort ihres Verdächtigen an und, davon war sogar Speranza überrascht, übermittelt die Miniwanze erst noch den Ton. Man bekommt so also einiges mit, wenn es auch oft Unterbrüche gibt, zum einen vom Knittergeräusch der Jacke und zum anderen von Nebengeräuschen, sodass man nie alles klar und deutlich zu hören bekommt. Während Ruckstuhls Arbeit hat sich nichts Spezielles zugetragen. Caruso und Speranza sind währenddessen kurz in ein Café eingekehrt. Kurz vor Ruckstuhls Feierabend haben sie sich wieder auf dem Parkplatz vor der Bäckerei platziert, um sich erneut an seine Fersen zu heften. Mittlerweile sind sie vor seiner Wohnung angelangt, die sich in einem alten Wohnblock im

Stadtteil Betlehem befindet. Zweiter Stock, dritte Wohnung rechts. Eine Zweizimmerwohnung mit einem kleinen Balkon, der glücklicherweise auf die andere Strassenseite gerichtet ist, nicht auf die Seite, wo sich die Parkplätze befinden.

«Irgendwann muss er das Haus verlassen», bricht Caruso die erneut aufgekommene Stille.

Kaum ausgesprochen erklingen aus dem Lautsprecher des Smartphones Geräusche.

«Er zieht sich die Jacke an», kommentiert Caruso das Geräusch. Danach ist ein Türpoltern zu hören.

«Er scheint die Wohnung zu verlassen», kommentiert nun Speranza.

Danach wird es still. Zu still.

«Seltsam», meint Caruso, «er scheint draussen zu sein, war ihm wohl zu warm, um die Jacke anzuziehen.»

«Er müsste jederzeit das Gebäude verlassen», sagt Speranza mit wachsamem Auge zum Haupteingang.

Unterdessen steht Ruckstuhl vor der Tür seiner Nachbarin. Der Schweiss läuft ihm die Stirn herunter. Nicht der Nervosität wegen, sondern weil es für einen

Herbsttag heute enorm schwül ist. Mit dem Zeigefinger betätigt er die Klingel. Seine Nachbarin öffnet ihm die Tür. Ein Lächeln ziert ihr Gesicht, als sie ihren Besucher erblickt.

«Hallo, Ruckstuhl, welch Überraschung.»

«Wieso kommt er nicht raus?», fragt Speranza unten im Auto ungeduldig.

«Vielleicht ist er irgendwo zu Besuch», meint Caruso, woraufhin sie sich entsetzt ansehen, beide mit dem gleichen Gedanken konfrontiert.

«Ich gehe rein», sagt Speranza, während er die Wagentür aufstösst, hinaussteigt und in Richtung des Wohnblocks rennt.

Die Eingangstür ist glücklicherweise nicht verschlossen. Speranza stürmt in den zweiten Stock, Caruso rennt ihm nach. Aus einer Wohnung sind bereits die lauten Schreie einer Frau zu hören. Speranza reagiert blitzschnell, mit voller Wucht tritt er die Wohnungstür auf, während Caruso mittlerweile ebenfalls im zweiten Stock angelangt ist. Speranza zückt seine Pistole und stürmt in die Wohnung, den Schreien der Frau entgegen.

44

Tagebucheintrag Josef Ruckstuhl: *Welch grauenhafter Tag. Ich stand heute vor der Tür meiner Nachbarin. Meine Hände waren schweissnass. Nun war es endlich so weit. Der langersehnte Tag war gekommen. Meine Nachbarin war zuhause und es stand endlich der Tag aller Tage bevor, das habe ich mir geschworen. Wir treffen uns nun bereits seit einigen Wochen heimlich. Sie ist etwas Besonderes, ein wahrer Schatz. Luisa Wegmüller ist in meinem Alter, sie besitzt einen Friseursalon in der Berner Altstadt und ist seit mehr als fünf Jahren Witwe. Wir haben bereits einige Abende und einige Nächte zusammen verbracht.*

Meiner Therapeutin habe ich das nicht erzählt, wieso auch, man würde mich sofort wieder verdächtigen und mir vorwerfen, ich würde die Frau finanziell aussaugen. Diesmal ist es etwas anderes. Es ist nicht wie mit den Frauen zuvor. Luisa ist die Frau, welche mein Herz erobert hat. Und doch fühle ich mich schlecht, denn ich habe einen kleinen Privatkredit bei einer Bank auf ihren Namen beantragt. Zudem hat sie mir ein Fahrzeug geleast, damit ich nicht immer mit dem Tram zur Arbeit fahren muss. Sie ist eine gute Seele, auch enorm grosszügig. Gestern hat sie mir eine Uhr gekauft, nicht, dass ich sie dazu gedrängt hätte. Klar habe ich ihr mehrere Fotos von der Bucherer-Uhr gezeigt und immer wieder davon gesprochen. Naja, vielleicht habe ich Luisa unbewusst ein wenig beeinflusst, aber drängen kann man das wirklich nicht nennen. Heute waren wir verabredet. Wie schon oft ging ich zu ihr rüber, sie wohnt ja nur eine Tür weiter. Im Gegensatz zu meiner Wohnung hat ihre vier Zimmer, dazu ein grosses, hellbeleuchtetes Schlafzimmer. Wir haben uns geküsst, kaum bin ich über die Schwelle ihrer Wohnung getreten. Ich habe ihren Arsch begrabscht und sie vom Hals abwärts abgeküsst. Der Ausschnitt ihres Klei-

des hat mich noch geiler gemacht, als ich eh schon war. Ihre prallen Brüste pressten sich gegen den Stoff. Die Bluse drohte zu platzen und wenn man genau hinschaute, erkannte man einen Abdruck ihrer Nippel.

Luisa stoppte mich nach meinen wilden Küssen, es ginge ihr zu schnell, betonte sie einmal mehr, denn bisher waren wir noch nicht über das Knutschen hinausgekommen. Sie holte eine Flasche Prosecco aus der Küche und wir nippten kurze Zeit später an zwei Sektschalen, während wir uns auf ihr Bett setzten. Danach, wieso auch immer, schmiss Luisa das Glas in die Ecke, packte mich am Kragen, küsste mich gierig und setzte sich auf mich drauf. Sie war plötzlich bereit zu dem, auf das ich schon lange gewartet hatte. Ich habe es ihr nach einem raschen Vorspiel anal besorgt. Auf allen vieren lag sie auf dem Bett, während ich stehend vom Bettrand aus meinen Schwanz in sie rein- und rausbewegte. Luisa begann zu stöhnen, zu schreien. Es waren die Schreie einer Frau, die es nach Jahren dringend und hemmungslos nötig hatte. Ich erkannte, dass sie zum offenstehenden Fenster blickte und sich kurz darum sorgte, was wohl unsere Nachbarn denken könnten. Doch mir war *es egal, ich rammelte sie weiter, ohne eine Pause einzulegen oder das Fenster zu schliessen. Intensiv fickte ich sie und ihre Schreie wurden lauter und lauter. Dann der Knall. Ich zog mein Glied aus ihr raus. Der Schock stand uns beiden ins Gesicht geschrieben, als die Wohnungstür aus den Angeln flog. Speranza stürmte ins Schlafzimmer, warf mich zu Boden. Er streckte mir eine Pistole vor die die Stirn, ich legte schützend meine Hände vors Gesicht, während sich Luisa die Bettdecke bis unter ihr Kinn zog.*

Ich erkannte es an seiner Mimik, auch Speranza war erschrocken. Es handelte sich um einen Irrtum, doch um was für einen, das konnte ich nicht ahnen. Und als wäre das alles nicht genug, trat nun auch meine Psychiaterin ins Schlafzimmer, noch schlimmer hätte sich dieser Scheisstag nicht entwickeln können. In was war ich da nur wieder hineingeraten?

45

Speranza nimmt die Pistole runter, während ihm augenblicklich bewusst wird, dass sich all ihre Vermutungen, Befürchtungen und die komplette Szenerie aufgelöst haben. Sie haben sich geirrt. Ruckstuhl ist nicht der Täter, er ist der gleiche schleimige Hochstapler, der er schon immer war, nicht mehr und nicht weniger.

«Was zum Teufel wollt ihr beiden hier?», fordert Ruckstuhl, der komplett aus der Fassung geworfen wurde, eine Erklärung.

«Du kennst die beiden?», erkundigt sich nun Luisa umgehend hinter der Bettdecke hervor, verwirrt und unter panischer Angst, sie könnten beide das Zeitliche segnen.

«Das ist mein ehemaliger Zellennachbar und die Frau meine Psychiaterin», erklärt Ruckstuhl, während er sich langsam vom Boden erhebt.

Speranza verstaut unterdessen die Pistole im Jackeninneren und setzt sich im Schlafzimmer auf einen Hocker, der sich neben einer Kommode vis à vis vom Bett befindet. Caruso lehnt sich gegen die Zimmerwand, auch sie versucht gerade das Bild vor ihr zu deuten. Es ging alles so schnell, viel zu schnell. Die Wahrnehmung trügt oft, das weiss Caruso zu gut, diesmal hat auch sie sich getäuscht.

«Wir dachten, er wolle Sie umbringen», versucht Speranza ihr Erscheinen der Wohnungsbesitzerin zu erklären.

«Ruckstuhl mich umbringen? Wieso denn das, wir lieben uns doch.»

Einmal mehr, denkt Caruso. Bereits das nächste Dummchen, welches auf den Wolf im Schafspelz hereinfällt.

«Ihr denkt doch nicht etwa, dass ich für die Morde verantwortlich bin?», entgegnet Ruckstuhl, der sich gerade die Hose wieder angezogen und sein Hemd gerichtet hat.

«Es gab gewisse Indizien», versucht Caruso zu erklären.

«Indizien!», schreit Ruckstuhl sichtlich erbost, während er auf Caruso mit zornigem Blick zuläuft.

Speranza stellt sich dazwischen. Ein kurzer Schlag, rasch und präzise auf den Solar Plexus ausgeführt, und Ruckstuhl sackt zu Boden auf die Knie. Luisa lässt einen Schrei los, der sofort wieder abbricht, als Speranza ihr starr in die Augen blickt. Langsamen Schrittes läuft er ihr entgegen.

«Wie viel?»

«Was wie viel?», fragt Luisa.

«Wie viel Geld hat er Ihnen bereits aus der Tasche gezogen?», fragt Speranza. «Haben Sie es so bitter nötig, dass Sie sich von so einem kleinkarierten Hochstapler ausnehmen lassen müssen?»

Luisas Blick weicht hinunter zur Bettdecke. Sie wird nachdenklich. Sie schaut ihr Gegenüber an, das gerade wieder das Atmen in den Griff bekommen hat und dabei ist, sich zu erheben.

«Ich glaube, wir sollten nun gehen», sagt Caruso.

Als die beiden das Schlafzimmer bereits verlassen haben, kehrt Caruso noch mal um. Sie geht auf Ruckstuhl zu, greift ihm in den Schritt und drückt, seine Eier fest im Griff.

«Sollte das, was hier geschehen ist, irgendwer ausserhalb dieser Wohnung erfahren, dann sorge ich dafür, dass Ihr nächstes Gutachten so miserabel ausfällt, dass Sie von einer vorzeitigen Entlassung künftig nur träumen können.»

Ruckstuhl nickt mit schmerzverzerrtem und errötetem Gesicht.

Danach verlässt Caruso das Schlafzimmer erneut und begibt sich mit Speranza zurück zum Auto. Im Innern des Wagens angelangt, beginnen sie zu resümieren.

«Wenn Ruckstuhl nicht der Täter ist, dann stehen wir wieder am Anfang, das ist dir bewusst, oder?», spricht Caruso ihre Gedanken laut aus.

Speranza antwortet nicht. Es ist lange her, seit er das letzte Mal eine Waffe auf jemanden gerichtet hat. Auch der Adrenalinstoss, den er soeben verspürte, hat er seit Ewigkeiten nicht mehr gefühlt. Und genau dieser Umstand stimmt ihn nachdenklich, denn auch dem Täter muss es so ergangen sein. Wer immer der Mörder ist, verspürte die gleichen Emotionen, die gleiche Nervosität und unter diesen Umständen einen Mord durchzuziehen, ohne eine Spur zu hinterlassen, ohne einen Fehler zu machen, das ist eine Höchstleistung. Der Täter muss den Adrenalinkick gewöhnt gewesen sein, nur so konnte er all die Morde feinsäuberlich durchziehen. Eventuell ein ehemaliger Söldner, jemand mit Militär- oder Polizeihintergrund oder … Speranza versinkt noch mehr ins Grübeln. Dann ein Blitzgedanke. Er runzelt seine Stirn, schliesst für einen Moment die Augen und öffnet sie wieder.

«Ich werde heute Abend etwas erledigen müssen und du wirst mich nicht begleiten können.»

«Was meinst du damit?», fragt Caruso verwirrt.

«Es hat mit meiner Vergangenheit zu tun. Ich muss etwas abschliessen. Stell mir bitte keine Fragen, vertrau mir einfach.»

Caruso beugt sich zum Beifahrersitz hinüber und drückt Speranza einen Kuss auf die Lippen.

«Ich vertraue dir, Liebster.»

Gabriella Studer steht vor Mosimanns Haus, neben ihr die Witwe Mosimann mit Augenringen und tränenüberlaufendem Gesicht. Ihnen beiden fehlen die Worte. Die Witwe zittert, es fällt ihr schwer die Hände ruhig zu halten. Am liebsten möchte sie sich zurückziehen, im Schlafzimmer unter die Bettdecke kriechen, sich ausweinen und nie mehr hervorkommen. Zuerst verliert sie ihren Gatten und nun ihre grosse Liebe. Miranda Walter wird unterdessen in Handschellen aus ihrem Haus abgeführt. Die Polizisten gehen mit ihr zum Kastenwagen, Studer und Frau Mosimann ebenfalls. Das Schluchzen der Witwe ist nicht zu überhören. Miranda blickt ihrer Liebsten in die Augen, während sie zwei Polizisten seitlich festhalten, um eine Flucht zu verhindern.

«Warum?», fragt Frau Mosimann.

«Ich habe es nur gut gemeint», beginnt Miranda Walter sich zu erklären. «Ich habe es für unsere Zukunft getan. Du hättest dich nie von deinem Ehemann lösen können, so sehr hat er dich mit unsichtbaren Fesseln arretiert. Ich wusste, dass du dich nie outen, nie mit mir zusammenziehen würdest, solange er noch lebt. Ich wollte uns eine Zukunft schaffen ...»

«Indem du ihn umbringst?!», schreit Mosimann.

Studer stellt sich zwischen die beiden und weist die Polizisten an, Miranda Walter im Kastenwagen abzutransportieren. Einer von ihnen öffnet die hintere Tür des Autos. Eine Art eingebauter Käfig kommt zum Vorschein. Der zweite Polizist öffnet die Gittertür, dann hieven sie Miranda Walter gemeinsam hinein. Sie kauert sich darin zusammen, während sich die metallene Tür schliesst. Ein letztes Mal blicken sich die beiden Frauen in die Augen, dann wird die Fahrzeugtür geschlossen.

Mosimann beginnt laut zu weinen. Studer nimmt sie tröstend in den Arm. Kurz darauf ist das Motorengeräusch des Kastenwagens zu hören und er fährt er los.

«Sie hat ihn umgebracht», sagt Mosimann leise.

«Nein, das hat sie nicht», korrigiert Studer. «Sie hat es versucht. Der Versuch ihn zu vergiften ist jedoch gescheitert. Hätte sie es weiterhin probiert, so wäre es eventuell irgendwann gelungen. Dein Mann ist eines natürlichen Todes durch einen Herzinfarkt gestorben und wie makaber es auch klingen mag, zum Glück, denn wäre er nicht auf die Art gestorben, dann wäre er ein Mordopfer.»

Studer weiss, dass ihre Worte nicht wirklich trostspendend sind, und doch versucht sie ihr Bestes. Nachdem sie von der Forensik erfahren hat, dass man ihren Kollegen vergiften wollte, war ihr bewusst, dass das Motiv etwas Persönliches sein musste. Zudem sind Giftmorde laut Statistiken meist weiblichen Tätern zuzuordnen, und dass Elsbeth Mosimann zu so etwas nicht fähig war, das wusste Studer sofort. Nichtsdestotrotz musste sie die Witwe zu einer Einvernahme aufbieten lassen. Elsbeth Mosimann war eine schwache Persönlichkeit, ihr war sichtlich unwohl auf dem Stuhl gegenüber der Justizdirektorin. Bereits nach kurzer Zeit begann sie über ihre Affäre und ihr Interesse an der Nachbarin zu berichten. Studer liess deswegen das Haus von Miranda Walter durchsuchen und wie befürchtet wurde auch eine Ampulle mit dem Gift in der Garage gefunden. Versteckt in der Schublade einer alten Werkzeugbank.

Nun wird Miranda direkt in Untersuchungshaft landen und ein faires Verfahren erhalten. Geständig war sie bereits, als die Polizisten sie mit dem Gift konfrontierten. Sie liess sich zudem widerstandlos festnehmen. Versuchter Mord wird die Anklage lauten und Miranda Walter erwartet einige Jahre hinter schwedischen Gardinen.

46

Bernhard beendet den letzten Schachzug, danach macht er sich auf den Nachhauseweg in Richtung Marzili. Er läuft über den Vorplatz des Bundeshauses, vorbei an den im Boden montierten Wassersprinklern, die im Sommer vielen eine Abkühlung beschert. Er schaut beim Gehen nach oben und bewundert einmal mehr das eindrückliche Bauwerk. Er liebt diese Stadt und kann es sich nicht vorstellen an irgendeinem anderen Ort auf dieser Welt zu wohnen. Auf der anderen Seite des Bundeshauses angekommen nimmt er einen der steilen Spazierwege nach unten zum Marzili-Quartier, das unter anderem für sein Schwimmbad an der Aare bekannt ist.

Bernhard ist müde und die bereits herrschende Dunkelheit vermag daran nichts zu ändern. Er überquert unten angekommen eine kleine Brücke, die ihn über die Aare in Richtung Dalmaziquai führt, wo sich seine Wohnung befindet. Gerade als er in die Strasse, die parallel zur Aare verläuft einbiegt, nimmt er von der anderen Seite her eine Stimme wahr.

«Gewisse Gewohnheiten verliert der Mensch nie.»

Bernhard schaut sich um.

Speranza tritt aus einem kleinen Seitensträsschen zu ihm auf die Strasse. Er trägt einen langen Herbstmantel, darunter ein weisses Hemd und eine schwarze Stoffhose. Sein Blick ist ernst, ernster als sonst.

«Ich habe dich schon vorher bemerkt», kontert Bernhard.

«Das hast du nicht, denn ich bin dir nicht gefolgt, doch ich kenne deine zwei obligaten Tagesroutinen: das Schachspielen und der Spaziergang nach Hause. Nicht alles hat sich verändert in all den Jahren.»

Bernhard lächelt.

«Wollen wir irgendwo auf ein Bier einkehren?»

«Nein», antwortet Speranza, «deswegen bin ich nicht hier.»

«Warum dann?»

«Das Warum ist eine sehr gute Frage», antwortet Speranza in strengem Tonfall.

Nicht alles hat sich geändert in all den Jahren, das wurde Speranza beim Resümieren nach dem Vorfall mit Ruckstuhl bewusst. Ebenso wie die Tatsache, dass sich gewisse Gewohnheiten bei Menschen niemals ändern, wie sehr sie sich auch manchmal zu verstellen versuchen. Man kann sich eine Maske vors Gesicht halten, doch wer einen gut kennt, der schaut durch sie hindurch. Bernhard hat einen Fehler gemacht, und zwar den, dass er eben keine Fehler gemacht hat.

«Du bist dahintergekommen. Was hat mich verraten?», so Bernhard.

«Die Perfektion. Jemand, der von Anfang an so fehlerlos vorgeht und keine brauchbaren Spuren hinterlässt, der macht es nicht zum ersten Mal.»

Bernhard lächelt. Er wusste, dass er irgendwann auffliegen würde, und irgendwie ist er gerade froh, dass es Speranza ist, der ihn entlarvt hat.

«Ich hatte eine sehr schwere Kindheit», berichtet er. «Bevor ich der Organisation beigetreten bin, für die wir beide tätig waren, lebte ich von der Hand in den Mund. Mit meiner Mutter und meinen Schwestern hatte ich mich verkracht und allgemein war mein Leben zuvor lediglich aus Enttäuschungen und Misserfolgen aufgebaut. Als ich angeworben wurde, bekam mein Leben einen Sinn. Zum ersten Mal konnte ich etwas gut. Auch den einen oder anderen ausknipsen fiel mir leicht. Ich brauchte mir nur die Menschen aus der Vergangenheit vorzustellen, die ich so sehr verfluchte, danach konnte ich den Abzug betätigen, ohne mit der Wimper zu zucken.»

«Und doch hast du damals stets im Auftrag des Staates und nicht eigenmächtig gehandelt. Was war der Auslöser für deine persönliche Rachetour?», fragt Speranza mit ernster, nachdenklicher Miene.

«Naja, irgendwann kam das Thema Pension auf. Man wird nicht mehr gebraucht, man sieht das Ende in Sicht und all der Groll, den man über die Jahre unter Kontrolle bekommen hatte, ist noch immer da. Das Ventil, all die Aufträge, das Ausknipsen feindlicher Agenten, das war plötzlich passé. Irgendwann holte mich der Hass von früher ein. Durch meine Tätigkeit für die Organisation hatte ich alles gelernt, um meinen Rachefeldzug zu vollziehen.»

«Und?», so Speranza.

«Und was?»

«Wie fühlt es sich an, nun, da du es durchgezogen hast?»

Bernhard lacht.

«Ehrlich gesagt, nicht besser als vorher. Mittlerweile überlege ich mir meine Nachbarin kaltzustellen, da sie ihren Mann stets anschreit und behandelt, als sei er ein minderes Wesen.»

«Du bist verrückt geworden, das weisst du, oder?», hakt Speranza nach.

«Verrückt? Schau dich doch mal um, schau in die Welt hinaus. Wenn du hier in dieser Welt nicht verrückt bist, dann wirst du es oder du lebst einsam. Normalität ist out, mein Lieber. Weisst du, was das Beste ist? Ich bin seit Monaten bei deiner Freundin in Therapie. Zugegeben unter einem falschen Namen, bei unserer Tätigkeit hat man ja glücklicherweise nicht nur eine Identität zur Verfügung.»

«Ich muss dich ausschalten, das weisst du, oder?», sagt Speranza.

«Ja, lass mich einen letzten Blick in Richtung Bundeshaus werfen, danach stelle ich mich freiwillig.»

Bernhard dreht sich um, ohne eine Antwort abzuwarten. Während der Drehung greift er blitzschnell nach unten, zieht eine Waffe hervor, dreht sich auf die andere Seite und … Ein lauter Knall. Niemand stellt sich freiwillig, nicht wenn er für die Organisation gearbeitet hat, das weiss auch Speranza und darum bereut er nicht, dass er seinen ehemaligen Partner gerade mit einem Kopfschuss hingerichtet hat. Auf der anderen Seite der Aare ist Hektik ausgebrochen. Einige Spaziergänger, die sich gerade die Boote der Pontoniers angeschaut haben, starren verdutzt herüber. Es vergehen nur wenige Minuten, bis die Polizeisirenen zu hören sind. Speranza legt die Pistole auf den Boden, danach kniet er sich hin und verschränkt die Arme hinter dem Kopf, bereits, bevor die Polizei am Tatort eintrifft. Die Polizeibeamten staunen nicht schlecht, als der Täter sie bereits erwartet mit der Bitte, ihm doch direkt die Handschellen anzulegen.

47

Tagebucheintrag Caruso: *Es kam überall in den Nachrichten. Kopfschuss beim Dalmaziquai. Ich habe den toten Bernhard, den ich unter dem Namen Wolfgang Peterhans gekannt habe, sofort im Fernsehen und auf den Nachrichtenportalen erkannt. Seit Monaten war er bei mir in Therapie. Ein angenehmer älterer Herr, der, so nahm ich es zumindest stets wahr, sehr einsam lebte und jemanden zum Reden brauchte. Dass seine Kindheit nicht einfach war, hat er das eine oder andere Mal erwähnt, doch vertiefen konnte man solche Gespräche mit ihm nicht, dafür war er zu verschlossen. Dass er in derselben staatlichen Organisation tätig war wie Speranza, hat er mir verständlicherweise eben-*

falls verschwiegen. Er sprach stets davon in der Versicherungsbranche tätig gewesen zu sein.

Als Speranza am Abend, als die Schlagzeilen aufkamen, nicht nach Hause kam, da war es mir bewusst. Er hatte den Täter gefunden. Am nächsten Tag kontaktierte mich bereits die Zürcher Justizdirektorin. Sie orderte mich in ein Büro, diesmal jedoch nicht in Zürich, sondern direkt im Bundeshaus. Bei diesem Treffen anwesend war der aktuelle SVP-Bundesrat. Die beiden versicherten mir, dass man den Fall Speranza aufarbeiten werde. Es sei bereits jetzt offensichtlich, dass es sich beim Dalmaziquai um ein Notwehrdelikt gehandelt habe, doch man müsse Speranza trotzdem für einige Tage in Untersuchungshaft behalten. Zuerst müsse man die Öffentlichkeit behutsam über das Geschehene informieren und dabei sei der Shitstorm bereits jetzt ersichtlich.

Mittlerweile sind diese Tage des Wartens verstrichen. Heute werde ich Valentin Speranza abholen können. Der Bundesrat ist mit der Justizdirektorin gestern vor die Medien getreten. Der Fall Speranza wurde nun endlich öffentlich gemacht. Das Entsetzen in der Bevölkerung ist enorm.

Nicht weil das Delikt als Notwehr angesehen wurde, sondern dass es eine Organisation geben soll, die im Auftrag der Regierung tötet. Laut Angaben der Politiker wurde die Organisation, die es offiziell nicht gibt, bereits vor vielen Jahren eingestellt, was jedoch niemand so richtig glauben will. Die Verschwörungstheoretiker kommen in Fahrt und sprechen von einem Mörderstaat. Die Boulevardpresse titelt unterdessen wie wild: Das Killerkommando des Bundesrates. Sauberland Schweiz knipst im Ausland Feinde aus. So die Schlagzeilen in den Tageszeitungen, im Fernsehen und im Radio. Mir persönlich ist das alles scheissegal. Ich bin einfach nur dankbar, wenn ich meinen Valentin in meine Arme schliessen kann.

Ist er mein Traummann? Diese Frage kann ich noch immer nicht beantworten, aber das muss ich auch nicht. Was ich dafür mittlerweile weiss, ist, dass er der Mann ist, der mich sexuell und auch intellektuell erfüllt. Ob das für immer so bleiben wird, auch das weiss ich nicht. Meine grösste Erkenntnis aus den letzten Wochen ist, dass es manchmal wertvoller ist etwas nicht zu wissen, denn genau solche Umstände machen und halten das Leben spannend.

Valentin und ich werden uns nun ein gemeinsames Leben aufbauen und alles dafür geben, dass wir uns beide glücklich machen. Ich freue mich bereits darauf, ihn in den nächsten Stunden zu küssen, ihn zu berühren und auf den Moment, wenn er sein Glied in mich hineinpresst, wir es wild miteinander treiben, während wir Satan, dem Schicksal und allen uns Schlechtgesinnten den Mittelfinger entgegenstrecken, symbolisch für: Was wollt ihr uns noch antun? Ihr könnt uns alle mal kreuzweise.

Danksagung

«Enttabuisiert» ist meine zehnte Publikation, sozusagen mein Jubiläumswerk. Mit diesem neuen Genre, einer Mischung aus Krimi und Erotik, habe ich mir einen Wunsch erfüllt und möchte mich beim Neptun Verlag für den mutigen Schritt, auch mal etwas Neues zu wagen, bedanken.

Ein weiteres Dankeschön an den Bestsellerautor und Rechtsanwalt Dr. iur. Valentin Landmann und meinen ersten Verleger Manfred Hiefner. Dank euch beide habe ich vor Jahren den Schritt zum Autorendasein gewagt.

Ein grosser Dank auch an meine Familie, meine Freunde, Arbeitskollegen und selbstverständlich an Sie, werte Leserinnen und Leser, dass Sie sich für diese Buch entschieden haben.

Zuletzt ein liebevolles Merci an Pia Da Rugna und Katharina Engelkamp, die meine Texte neuerdings auf Schreibfehler korrigieren. Die Zusammenarbeit mit euch beiden war höchst angenehm und unkompliziert.

Gleich weiterlesen!

Weitere Spannungsromane aus dem Neptun Verlag

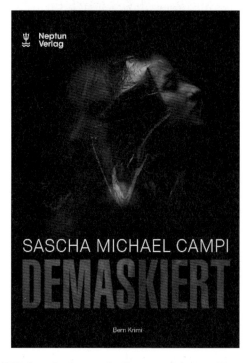

Sascha Michael Campi: Demaskiert. Bern Krimi. 220 Seiten.

«Ob Entführung, Maskerade, Trauer, Liebeskummer oder Sex, dieser Kriminalroman bietet alles ausser Langeweile!»

ISBN 978-3-85820-343-4

Auch als E-Book erhältlich

Im Buchhandel und bei www.neptunverlag.ch

Stefan Roduner: Blutrote Leidenschaft. Ein Fall für Milan Sommer. Kriminalroman. 323 Seiten.

Eine Serie nächtlicher Überfälle auf spät heimkehrende Autofahrer erschüttert das Zürcher Unterland. Die Täterschaft schreckt gar vor Mord nicht zurück. Der junge Privatdetektiv Milan Sommer nimmt sich der Sache an und stößt bald auf jede Menge Verdächtiger.

Ein rasanter, actionreicher und berührender Kriminalroman.

ISBN 978-3-85820-347-2

Auch als E-Book erhältlich

Im Buchhandel und bei www.neptunverlag.ch

Voranzeige

(erscheint am 14. März 2025)

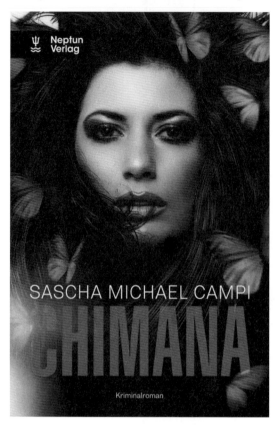

Sascha Michael Campi: Chimana. Kriminalroman.

Ca. 260 Seiten.

ISBN 978-3-85820-349-6

Wird auch als E-Book erscheinen.

Im Buchhandel und bei www.neptunverlag.ch